公主傳奇

27

·天下無雙的公主·

馬翠蘿 著

U0099977

新雅文化事業有限公司
www.sunya.com.hk

人物簡介

周曉星

周曉晴的弟弟，一個風趣幽默的淘氣精，不時有天馬行空的奇怪想法。

馬小嵐

來自香港的烏莎努爾公主，聰明美麗、正直善良。敢於向困難挑戰，最喜歡說的話是「天下事難不倒馬小嵐」。

萬卡

烏莎努爾公國第十九代國王，風度翩翩、英勇果敢。是國民眼中的好君王，小嵐和曉晴曉星心目中的暖心大哥哥。

周曉晴

馬小嵐的好朋友，漂亮活潑，喜歡打扮，最常做的事是和弟弟鬥氣。

目錄

第一章

反彈琵琶的小仙女

黃昏，天邊的雲霞在調皮地變着魔術，一會兒變成一隻粉紅色的小狗，一會兒變成一朵金黃色的菊花，一會兒又變成一匹粉藍色的駿馬……橙色的夕陽不眨眼地看着雲霞變幻，不想離開，但是禁不住黑夜媽媽的聲聲呼喚，無奈地、一步三回頭地落到山的那邊去了。

黑夜嗖地把夜幕拉上，留下柔和的月亮和繁星點點，繼續與人間的萬家燈火爭輝。

坐落在明珠湖畔、富麗堂皇的烏莎努爾皇家大劇院，正門前面的廣場萬頭攢動，許多人拿出手機，啟動拍照功能，用流光溢彩的大劇院作背景，留下自己美好的回憶。

大劇院裏華燈璀璨、富麗堂皇，烏莎努爾舉辦「中國文化年」，今晚會在這裏舉行揭幕晚會。盛裝的出席者陸續入座，他們興奮地小聲交談着、議論着剛剛收到的消息，等會兒，皇帝陛下萬卡會和美麗的小嵐公主一起，作為主禮嘉賓主持揭幕儀式呢！

國王日理萬機，竟然抽時間出席一次文化活動，他真的很重視這「中國文化年」活動啊！不知道是因為他是中國人的後裔？還是因為他最愛的小嵐公主來自中國的香港呢？

七點五十五分，離八點的開場時間還有五分鐘，出席活動的人已經全部進場完畢，而原先熱鬧的觀眾席也慢慢地安靜下來。

忽然，從靠近舞台的入口處傳來一陣腳步聲，人們紛紛看過去，只見一名身穿中國古代侍衛服裝的高大青年操正步走了進來，他砰地一下兩腳一併，喊道：「國──王──駕──到──公──主──駕──到──」

觀眾全部起立。

十名身穿中國漢代宮女服的女孩，每人手提一盞紅燈籠，邁着小碎步婀娜多姿地從入口處走了進來，她們分左右兩排站定，留出中間一條通道，緊接着，一男一女兩個人手牽手走了進來。

這兩位，男的十八九歲，身型挺拔氣宇軒昂，穿一身漢朝皇帝的衣服，上衣黑色，繡紅色飛龍紋，下裳紅色，用黑絲線繡上雲紋。頭上的通天冠前後垂下的珠子，隨着走動而微微擺動着；女的十六七歲，明眸皓齒，顧盼神飛，身穿水紅色與黑色配搭、邊緣繡着雲紋的曳地深衣*，腰間一條水紅色束帶，走起路

來顯得仙氣飄渺……

為配合中國文化年的漢家元素，國王陛下和公主殿下都穿上了漢服！

本來就樣貌出眾的國王穿上漢裝，更增添了威嚴和儒雅，人沒走近，一股帝王氣勢就撲面而來；本來就漂亮的公主穿上漢裝，更顯體態窈窕、端莊美麗，就像從畫裏走出來的古風小仙女……

國王和公主的出現，讓璀璨的華燈為之黯淡，瞬間炫亮了所有人的眼睛。劇場頓時沸騰起來，人們激動地高喊着：

「國王陛下萬歲！」

「公主殿下萬歲！」

萬卡國王和小嵐公主微笑着朝人們揮手致意，然後在工作人員的引領下，坐到了第一排正中的位置。

激動的人們慢慢安靜下來，大家的注意力回到舞台上，這時，厚重的暗紅色幕布緩緩上升，闊大的舞台露出了它的真容。

只見半圓形的舞台上，有十名穿着漢服、或坐或站的年輕女子，她們或抱琵琶，或握二胡，或撫古琴，或敲編鐘，或彈瑟擊鼓，或吹簫吹笛吹塤吹笙，十個人一動不動有如一組美麗的塑像。

* 深衣：一種上衣與下裳相連的中國古代服裝。

熟悉中國文化的觀眾都覺得眼前一亮，那是中國古代十大樂器啊！

　　這時，身穿小西服的曉晴和曉星，從台側走了出來，曉晴用她那把清脆的聲音宣布：「敬愛的國王陛下、尊敬的公主殿下、女士們、先生們，中國文化年揭幕典禮現在開始！」

　　接着，一本正經的曉星說：「下面有請這次活動的統籌委員會秘書長賓羅先生講話。」

　　笑容滿臉的外交大臣賓羅走上了舞台，他說：「尊敬的國王陛下、尊敬的公主殿下、女士們、先生們，大家晚上好！中國跟烏莎努爾的關係友好密切，我們的第一任國王就是中國人。建國幾百年來，中國文化對我國的影響巨大，漢語成了我們的第二語言，幾乎每一名烏莎努爾人都會說漢語寫漢字；中國的習俗也進入了我國，春節、中秋節、端午節等中國節日正式列入了我們的十大節日之中；中國的藝術為我們喜聞樂見，京劇、越劇，還有雜技等，成了我們喜愛的娛樂項目；中國優美的唐詩宋詞和博大精深的成語，更是融進了我們的文化中，被人民大眾所欣賞和運用。今天是中國文化年啟動的日子，我們將在打後一年裏，舉辦各種中國文化展覽及中國美食節，演出一百二十台中國傳統戲劇，舉辦全國成語大賽和六國青少年成語賽……」

賓羅大臣是烏莎努爾著名的「中國通」，所以提起中國文化就眉飛色舞、滔滔不絕。

嘩啦啦……賓羅大臣的發言博得了台下一陣陣掌聲。

賓羅大臣講話完畢，兩位小司儀邀請國王和公主上台，為中國文化年揭幕。

在如雷的掌聲中，萬卡牽着小嵐的手走上了舞台，站在中央位置，朝台下的民眾揮手致意。一根圓形的玻璃柱子在他們面前緩緩上升，柱子上端是一顆巨大的玻璃球。

玻璃球在萬卡和小嵐的面前停住了。萬卡笑着看了小嵐一眼，小嵐微微點頭，兩人一個用左手一個用右手，按到玻璃球上。

玻璃球瞬間亮了，發出了晶瑩剔透的七彩光芒，耀眼奪目。緊接着，音樂響了，身後厚重的幕布緩緩升起，早已站在幕布後面的一百名打扮成中國古代娃娃的兒童，手搖花束跑了過來，圍着國王和公主跳起歡樂的舞蹈。

萬卡和小嵐喜笑顏開，隨着音樂鼓着掌，台下觀眾也鼓起掌來，整個會場充滿了熱烈和喜慶的氣氛。

開場舞在小朋友的歡呼雀躍中結束，萬卡牽着小嵐的手走下了舞台，回到座位上。曉晴手持話筒上台報幕：「中國文化年揭幕晚會現在開始。第一個節

目——霓裳羽衣舞。」

「嘩嘩嘩……」又是一陣熱烈的掌聲。

霓裳羽衣舞是唐代著名的宮廷樂舞，傳說是由唐玄宗李隆基作曲，楊貴妃編舞。原舞已失傳，現今的表演是根據文字記載和詩歌描寫想像重新創作的。

音樂聲起，優美動聽，令人有一種處身虛幻仙境中的感覺，一名打扮成仙女模樣的年輕舞蹈員，穿着典雅華麗的服飾，上身穿羽衣和霞帔，下身穿着一條霓虹般的淡彩色裙翩翩舞出，只見她舞姿輕盈柔美、飄逸敏捷，令人賞心悅目。

萬卡扭頭看了看小嵐，說：「記得唐朝詩人白居易在他的《霓裳羽衣歌》中是怎樣描繪這段舞的嗎？」

「當然記得。」小嵐點點頭，說，「我最喜歡這幾句，『飄然轉旋回雪輕，嫣然縱送遊龍驚，小垂手後柳無力，斜曳裾時雲欲生』……」

「嗯，不錯，用詞優美，描寫也很生動……」萬卡還想說什麼，看到曉晴站在台側給小嵐打手勢。

小嵐也看見了，她對萬卡說：「我去看看什麼事，很快回來。」

小嵐說完就朝曉晴走了過去，曉晴伸手拉着小嵐，朝後台走去了。

一直到霓裳羽衣舞跳完了，小嵐還沒有回來。萬

卡有點奇怪，曉晴找小嵐幹什麼呢？

第二個節目是表演京劇著名曲目《霸王別姬》。京劇是中國五大戲曲劇種之一，被視為中國國粹。在胡琴和鑼鼓聲中，扮演霸王和虞姬的演員走了上台，精彩的唱、唸、做、打，很快把觀眾吸引住了。

萬卡卻有點走神的樣子，他抬頭看看舞台上的表演，又扭頭看看舞台一側，心裏在嘀咕，小嵐怎麼還不回來。

眼看《霸王別姬》又演完了，曉星上台報幕，下一個節目《敦煌飛天舞》。曉星特別介紹說，「飛天」特指畫在著名的世界文化遺產——中國敦煌莫高窟中的飛天神仙，是敦煌壁畫藝術的一個專用名詞。

隨着氣勢磅礴的樂曲聲，舞台的背景出現了敦煌莫高窟壯觀的全景圖。一羣打扮成飛天的舞蹈藝員穿着漂亮的彩衣，從舞台的一側款款走出，她們將中國傳統戲曲中的「長袖舞」加入現代舞蹈表現形式，用綢帶作為舞蹈道具，充分表現出敦煌壁畫中飛天仙女翩翩飛舞的輕盈美態。

壯美的莫高窟，優美曼妙的舞姿，使人沉醉的唐時樂韻，讓人有一種穿越時空的感覺。

飛天仙女們慢慢跑向兩側，向舞台的深處作出劃一的歡迎姿勢，好像在恭迎什麼尊貴的人物，投影着莫高窟壁畫的幕布緩緩上升，露出了一幅絢麗多彩的

敦煌壁畫。

壁畫上描繪的，是一羣在飛花和雲朵中穿行的、姿態婀娜優美的飛天仙女，她們有的手持花束，有的把一朵朵花兒往下灑，有的在吹笛子，有的在彈琵琶……壁畫色彩豔麗、熱烈、流暢，形成令人震撼的畫面效果。

「哇！」正在驚歎的觀眾們突然情不自禁地喊了一聲，是眼花了嗎？是出現幻覺嗎？因為，他們竟然看到壁畫正中那個手持琵琶的女孩動了，緩慢地轉動手腕和指尖，像在睡夢中慢慢醒來。待到音樂漸轉激昂的時候，她輕盈地凌空躍起，又輕輕落下，衣裙隨着她的動作飄飄飛揚。

那一刻，人們有個錯覺：畫上的小仙女活了，下凡了！

「小嵐？！」萬卡的眼睛忽然睜大了，因為他看見了自己最熟悉的身影。小仙女，正是他望到脖子都長了還沒回到座位上的馬小嵐。

「啊，這小仙女怎麼好像小嵐公主？」有觀眾也發現了。

「啊，是公主！真的是公主！」

這時，小仙女舉足頓地，出胯旋身，將琵琶反手握住置於身後，做了一個優美的高難動作。

「反彈琵琶，那是反彈琵琶，難度極高的舞蹈動

作！」有熟悉這舞蹈的人喊了起來。

反彈琵琶是敦煌藝術中最經典最優美的舞姿，它邊奏樂邊跳舞，把高超的彈奏技藝與絕妙的舞蹈完美揉合，優雅迷人地展現出來。所以有人說，反彈琵琶是大唐文化一個永恆的符號。

人們忘了鼓掌，眼睛眨也不眨地看着舞台上那個美麗的小精靈，如癡如醉……

第二章

無處不在的成語

十分鐘後，萬卡走上了後台，一路上都有人朝他鞠躬：「國王陛下！」

萬卡微笑着走過，疾步走向一個獨立化妝室，推門進去。

「這裏，這裏，這裏還有點胭脂……」曉星正吵吵鬧鬧地看着曉晴給小嵐卸妝，無意中從鏡子裏見到萬卡進來，便像隻撒歡的兔子一樣朝萬卡竄去。

「萬卡哥哥，小嵐姐姐跳得怎樣，是不是很驚喜？」曉星抱着萬卡的胳膊撒嬌。

「哼哼，竟然對萬卡哥哥玩小把戲！還以為你失蹤了。」萬卡摟着曉星的肩膀，走到小嵐身邊。他輕輕地扯了扯小嵐腦後的馬尾巴，以示責罰。

「哇，好疼！」小嵐大喊一聲。

「啊，對不起對不起，我沒想到這麼小小力拉一下就……」萬卡嚇了一跳，手忙腳亂地給小嵐揉腦袋。

「哈哈，騙你的，一點不痛。」小嵐哈哈大笑。

「啊，小、壞、蛋！」萬卡氣得捏了小嵐鼻子一下。

「嘻嘻，人家見你一天到晚都那麼嚴肅，逗你一下嘛！」小嵐笑完又問：「跳得怎麼樣？指教指教。」

「簡直驚呆了，我家小嵐怎麼這樣出色呢！」萬卡坐到小嵐旁邊，看着鏡子裏小嵐線條優美的尖尖下巴，「看，又瘦了！你最近要考試，又要給『中國文化年』做顧問工作，怎麼還有時間排練舞蹈？」

「沒有啦！『反彈琵琶』我早就會跳了，在香港時學會的。所以這次演出只是和其他舞蹈藝員一起排練了幾次，沒花多少時間。至於中國文化年的顧問工作，有曉晴和曉星幫忙呢！」小嵐顯得一臉的輕鬆。

「是呀，萬卡哥哥，你別擔心，有我曉星在呢，不會讓小嵐姐姐累着的。之後的兩個大賽，我也會幫忙的。」曉星拍拍胸口，又説：「小嵐姐姐，我想做全國成語大賽的主持人。」

「不行，這個主持人我做最合適，你小屁孩一邊玩兒去！」曉晴一隻手給小嵐清潔面部，一隻手朝曉星揮了揮。

「是我先提出的，你不能搶！」曉星委屈地揭露姐姐的黑歷史：「你什麼都要跟我搶！一歲時搶我的奶嘴，兩歲時搶我的嬰兒車，三歲搶我的積木，四歲

時搶我的小手槍，五歲時……」

小嵐瞠目結舌地看着曉晴：「你很有當黑社會的潛力啊！」

萬卡有點好笑：「曉晴原來你的虐弟歷史可以追溯到這麼久遠。」

「有弟弟不欺負白不欺負。」曉晴理直氣壯地說。

「萬卡哥哥，小嵐姐姐，你們看，我能活到現在是多麼的不容易！」得趁兩座大靠山在，煞煞姐姐的威風。曉星拼命眨眼睛，想擠出一星半點眼淚扮可憐，但沒成功。

小嵐素來喜歡打抱不平，她瞪了曉晴一眼，說：「好，我決定了，讓曉星做主持人！」

「耶！」曉星得意地朝曉晴扮了個鬼臉，「嘻嘻，這就叫做『得道多助，失道寡助』。」

「算了算了，讓你一回又如何。」曉晴扮大方時，仍不忘刺激一下弟弟，「那我仍然做小嵐的秘書，秘書比主持人重要多了。」

「你……」曉星大受打擊。

「好了好了，工作沒有高低貴賤之分嘛，咱們都是小嵐的得力小助手！」曉晴顯示自己高尚的思想境界，「不是有句成語『三人成虎』嗎？我們三個人要像老虎一樣虎虎有生氣、龍精虎猛，把成語大賽辦得

成功，辦得精彩！」

姐姐，這下我可抓到你的「痛腳」了！之前被姐姐打擊得蔫頭耷腦的曉星精神一振：「喂喂喂，別濫用成語，『三人成虎』不是這樣理解的。它的意思是指三個人謊報城市裏有老虎，聽的人就信以為真。比喻說的人多了，就能使人們把謠言當作事實。」

「你亂說，三人成虎怎會是這樣的意思！」曉晴這時已經替小嵐卸完妝，開始收拾桌上東西。

小嵐仔細地在鏡子照了照，見臉上沒有遺留化妝品，滿意地點點頭，然後說：「曉星說的對。有時候理解詞語是不可以望文生義的。」

「哼！」曉星反攻成功，他得意地向曉晴挑挑下巴，「這回服了吧，小嵐姐姐也說我對。」

「哼，我只不過是一時記不起來而已。」曉晴聳聳肩，說：「臭小孩別得意，你只不過是瞎貓碰死耗子*罷了。」

小嵐一聽便說：「哈，我們曉晴這回的成語用對了。」

曉晴很奇怪：「什麼，我說什麼成語了？瞎貓碰死？不會不會！碰死耗子？也不對！難道是『瞎貓碰死耗子』？更不對了，成語不都是四個字的嗎？」

* 耗子：北方方言，指老鼠。

一直在旁邊笑瞇瞇地看着幾個孩子説話的萬卡，這時插進話來：「成語並不都是四個字的。『瞎貓碰死耗子』還真是個成語呢！意思是偶然、湊巧。」

曉晴眼睛睜得大大的，滿臉寫着「真沒想到」四個字。

曉星搶着説，「我還知道其他一些多於四個字的成語呢！比如『盤古開天地』、『桃李滿天下』、『不登大雅之堂』、『不分青紅皂白』……」

曉晴聽得一愣一愣的，嘴裏嘀咕着：「天哪天哪，怎麼『不分青紅皂白』這樣的句子也是成語呀！我還以為是俗語、歇後語什麼的，真是顛覆我的認知了。」

小嵐説：「成語有大約五萬條，其中四字成語佔了百分之九十六，其餘的百分之四由三個字到十六個字都有。」

曉晴拍了一下腦袋，説：「看來回去我要惡補一下成語知識了，用一句成語形容：我有點『孤陋寡聞』。」

「嘻嘻，你才知道？用一句成語形容，算你有『自知之明』。」曉星挖苦完自己姐姐，又問小嵐：「小嵐姐姐，成語大賽我也想下場，我想看看自己對成語的認知去到哪個程度呢，行不？」

小嵐瞧了他一眼，説：「你不是想當主持嗎？成

語也有提到『魚與熊掌不可兼得』，你不可以同時兼任主持人和參賽者的。」

曉星苦着臉着説：「可是，正如成語説的，『魚我所欲也，熊掌亦我所欲也』，怎麼辦呢？」

小嵐敲了他腦袋一下：「不是還有之後的六國青少年成語賽嗎？到時另外找人做主持，你就加入烏莎努爾成語賽隊，到時候就可以大顯身手了。」

曉晴舉起手説：「小嵐，我也要參加烏莎努爾成語賽隊！我會在這段時間努力補充成語知識的，到時，看我在比賽中大顯神通、大顯身手、一鳴驚人。哇，我太厲害了，一連説了三個成語！」

萬卡在一旁哈哈大笑起來：「成語果然無所不在，和我們的生活息息相關呢！」

曉星説：「噢，萬卡哥哥，你剛才短短一句話，就出現了無所不在和息息相關兩個成語呢！。」

四個人哈哈大笑起來。成語的確是無處不在，一不小心就仙女散花般「散」出來了。

「好啦，我得回去處理事情了，你們慢慢聊。今晚我去嫣明苑吃飯。」萬卡拍拍曉星的肩膀，眼睛卻看着小嵐説話。

「好啊好啊，我叫大廚做幾個你喜歡的菜。」曉星開心地拍着手，對萬卡説。

曉晴眼睛骨碌碌一轉，説：「我負責給萬卡哥哥

沖一杯香甜的卡布奇諾咖啡！」

小嵐笑嘻嘻地說：「那我就做一個萬卡哥哥愛吃的『獅子吼』。」

「哈哈哈⋯⋯」小嵐的話引起哄堂大笑。

之前小嵐穿越時空，做了一個漢堡包當作名菜「獅子吼」糊弄那個貪吃小王子。結果小王子十分喜歡吃，回國後，開了許多家賣「獅子吼」的食店。這件事一提起大家就樂不可支。

「調皮！」萬卡國王忍不住又伸手去揪了揪小嵐的馬尾巴。自從小嵐留了長髮之後，萬卡國王就像調皮的小男生一樣，老喜歡去揪她的頭髮。

「萬、卡、哥、哥！」小嵐眼睛睜得圓圓的，「不許揪！再揪我就⋯⋯」

「怎麼樣？」國王很想知道小嵐會使出什麼秘密武器。

「那示範一次怎麼樣？」小嵐狡猾地笑笑，把手一揮，「曉晴曉星，上！」

「咯吱咯吱咯吱⋯⋯」

「哈哈哈，別別別⋯⋯」

國王的秘書約翰剛好走進來，目瞪口呆地看着平日一臉嚴肅、指揮若定的國王陛下，被三個小屁孩弄得狼狽不堪、四處逃竄⋯⋯

第三章

一塊錢的版權費

半個月後，就是烏莎努爾成語大賽準決賽的日子。

國家電視台大樓前面，足有百米長的通道此刻熙熙攘攘、熱鬧非凡，參加由「中國文化年」活動委員會和國家電視台聯合舉辦的成語大賽的選手們，正在陸續進場。他們是已經通過了全國第一輪選拔，從十幾萬人中脫穎而出的一千名幸運兒。

不過，他們今天會面臨第二次考驗，如果能擊敗眾多對手留下來，就可以晉級到總決賽，成為三十六名選手中的一員。

今天也是電視台的首期錄製，所以選手們都穿得特別整齊，女選手們大都化了妝，希望在鏡頭前面顯得漂亮些。

三名少年男女夾雜在進場的人群中，緩慢地走着，他們衣着普通，在人群中毫不起眼。可能是不想被那迎面的金燦燦的太陽晃了眼，所以三個人都戴着太陽眼鏡。

「擠死了！走貴賓通道進去多好。」三人中說話嬌滴滴的女孩埋怨着，又用手敲了敲身旁男孩子的腦袋，「都怨你，什麼想趁趁熱鬧、體會一下選手的心情，偏要走這選手通道。」

「我也不知道這麼擠呀！」男孩委屈地摸摸腦袋，說：「姐姐，你又打我。之前在大食人共和國時，你不是說以後再也不敲我腦袋嗎？」

「有嗎？我一點不記得了。」女孩抵賴得理直氣壯的。

「有啊，你明明說了！在趙市長家時，那天晚上你還給了我一顆糖，當時你說的。」男孩試圖提醒女孩。

「絕對沒有。」難得有個弟弟可以欺負，她得保留這個權利。

「曉星，你怎麼到現在還不明白，跟你姐姐講道理是一種很不明智的行為嗎？省口氣吧！」另一名女孩對男孩子提出善意的忠告。

「嗚嗚嗚……」男孩好憋屈好無奈。

這三人是誰？對，就是你想到的，小嵐和曉晴曉星姐弟。

今天是曉星做主持，他央求小嵐和曉晴來現場觀看，說是請她們提出意見讓他改進（其實潛台詞是「求表揚」）。曉晴一聽馬上答應了，挑弟弟毛病是

她最喜歡做的事，而小嵐也想來瞧瞧選手的水平怎樣。雖然烏莎努爾被中華文化浸淫多年，國民中也有很多華人後代，但他們總體對成語的認知程度如何，小嵐也想親眼看看，所以就拉上曉晴，一塊來給曉星捧場了。

「嘿，你們三個也是來參加比賽的嗎？哪間學校的？」突然有人從背後拍了曉星一下，又用有點沙啞的聲音問道。

三個人一齊扭頭看，原來是一個又高又瘦的年輕人，看上去起碼有一米八幾高。看樣子他是一個人來的，所以才主動來搭訕。

曉星回答說：「我們是宇宙菁英學校中學部的，你呢？」

「哇，名校哦！」年輕人吹了一下口哨，又說，「我是城之光大學一年級學生。你們有決心入三十六強嗎？我就有！我很厲害呢，進三十六強，小意思了。」

年輕人揎拳捶捶胸口，滿有信心的樣子。

曉星瞠目結舌地看着他，心想你也太會吹了吧！不過他作為主持人，當然要鼓勵為主，所以像個長輩一樣拍拍年輕人：「有信心，非常好！」

小嵐也笑着說：「好，我們等會就看你力戰羣雄、脫穎而出。」

年輕人得意地回答：「小妹妹小弟弟，你們就擦亮眼睛，看我過關斬將！」

說話間已走完了通道，踏進了選手們集合的大廳。小嵐他們目的地不在這裏，曉星便給年輕人揮手說再見，然後三個人繼續往前走。

「嘿嘿，你們還去哪裏？這裏就是選手集合點呀！」年輕人朝他們喊道。

但小嵐他們已拐進了一條通道，沒影了。

「這『厲害哥』真有趣。」曉星想起那人就覺得好笑。

「牛皮吹得夠大的，跟你有得一拼呢！」曉晴白了弟弟一眼。

小嵐聳聳肩：「或者人家真有本事呢！」

曉星突然想起什麼，問道：「小嵐姐姐，成語大賽是中國電視台首創的，這次『中國文化年』採用了這個模式，要付版權費嗎？」

小嵐回答說：「『中國文化年』的成語比賽，在表現形式上編導會作些改動，但基本概念還是中國電視台的，所以按版權法是要買版權。」

曉晴好奇地問：「版權費多少錢？」

小嵐故意賣關子：「你們猜。」

曉星想了想說：「幾百萬？」

曉晴一邊走一邊照鏡子，聽到這裏插嘴說：「聽

説最近一些火爆節目的引進費用已經漲到千萬元以上，成語大賽這麼受歡迎的節目，可能也要這個數吧！」

「説出來嚇死你們。」小嵐眨眨眼睛，繼續裝神秘。

曉晴擔心地說：「兩千萬？三千萬？」

「聽好。」小嵐笑笑說，「一塊錢。」

「一塊錢？！」曉晴和曉星眼睛睜得大大的，眼珠子差點掉出來了。

「中國電視台方面說中國跟烏莎努爾是友好國家，而烏莎努爾搞『中國文化年』是為了推廣中華文化，中國應該無條件支持，所以只是象徵式地收了一塊錢。」

「才一塊錢，哇，真是沒想到。」曉晴曉星大大地感歎一番。

小嵐說：「不過，投桃報李，我給了烏莎努爾國家電視台一個建議，就是把這次成語大賽播出時的廣告收益，全部捐贈給中國內地，用作興建山區小學。」

「哇，這主意真棒！」曉星拍起手來。

「這事成了嗎？」曉晴也很興奮。成語大賽這麼受歡迎的節目，一定吸引很多廠商，廣告收益一定不少，可以蓋很多所學校了。

曉星瞅了自己姐姐一眼：「姐姐，你什麼時候可以聰明一些？小嵐姐姐的建議，會有不成的嗎？」

「我什麼時候都聰明。臭孩子，看我打你！」曉晴發飆了。

這時剛好到了化妝室門口，曉星「嗖」地一下推門跑了進去，把張牙舞爪的姐姐關在門外。

「嘿嘿嘿，別鬧了，走吧！」小嵐揪着曉晴繼續朝前走去，在一間掛着「貴賓室」牌子的房間門口停下。

曉晴抬頭看了看牌子上的字，說：「咦，我們不是直接去控制室看電視直播嗎？」

小嵐伸手推門，說：「電視台新聞部想就成語大賽的事採訪我。我們在這裏等吧！」

兩個人推開門走了進去。

發現會議室裏已經坐了三個人，一個是電視台的副台長彭貝斯，另外一男一女看上去有點面熟，相信是經常上電視或報紙新聞的人。

彭貝斯正在跟另外兩人在說話，見到兩個小姑娘走進來，還以為是參賽選手走錯門了。其實他是見過小嵐的，只是此時小嵐被黑眼鏡遮了半邊臉，又穿得普通，所以沒認出來。

「你們是選手嗎？集合地點在樓下大廳。」彭貝斯站起來說。

小嵐拿下黑眼鏡，喊了聲：「彭台長。」

彭貝斯一驚：「啊，公主殿下！」

會議室裏另外兩個人聽到彭貝斯喊公主，才意識到原來這走進來的女孩是小嵐公主，趕緊站了起來：「公主殿下！」

彭貝斯趕緊過來給小嵐介紹：「這兩位是成語大賽請來的評點專家，烏莎努爾中國文化研究院的羅倫院長，勞思教授。」

「你們好！有了你們兩位加入，成語大賽更精彩了。謝謝你們支持。」小嵐點頭微笑着，跟兩位學者握手。

女教授勞思很年輕，看上去大約三十四五歲，人很爽朗，她快言快語地説：「公主客氣了。我是研究中國文化的，能參加成語大賽這樣的盛會，對我來説將會是一次十分享受的、奇妙的過程。幸好籌委會邀請了我，不然我死纏爛打、哭着喊着也要來呢！」

一番話弄得大家都笑了起來。

小嵐也向彭貝斯和兩位學者介紹了曉晴，大家坐下來，聊着有關成語大賽的話題。羅倫院長和勞思教授對中國成語有很深的認識，簡直不亞於中國的專家學者，而小嵐家學淵源，又在充滿中華文化氣息的家庭中長大，所以交談甚歡，連曉晴時不時也插幾句，時間在愉快的交流中過去了。

一個秘書模樣的年輕人走了進來，見到小嵐忙行了個禮，説：「公主殿下，原來您已經來了。我們莫台長還去了貴賓通道迎接您呢！」

　　小嵐笑着説：「噢，真不好意思，我不知道台長會在那裏等。我們剛才走了選手通道，想感受一下氣氛。」

　　「沒關係，我通知莫台長。」年輕秘書説完看了看室內其他人，問道：「各位，採訪隊已經等在外面了，請問可以讓他們進來嗎？」

　　原來羅倫院長和勞思教授也是來這裏準備接受採訪的。

　　採訪隊記者進來了。貴賓室架起了一台攝影機，一名穿西裝的年輕女記者首先問小嵐：「公主殿下，您來自中國香港，一定對中華文化十分熟悉，您能給電視觀眾談一下成語的定義嗎？」

　　「可以。」小嵐點點頭，對於成語，她再熟悉不過了，「成語是中國傳統文化的一大特色，它凝聚着歷史，它折射着智慧。成語是漢語中具有特定內涵的、經過長期使用、約定俗成的特定短語；成語是比詞語大而語法功能又相當於詞的語言單位，有短小精悍、形象逼真、通俗易懂的特色。每一個成語幾乎都有一個故事、一個典故，有它的來歷。簡單地説，成語就是説出來大家都知道，可以引經據典，有明確出

處和典故，並且使用程度相當高的用語。」

女記者點點頭説：「好的，謝謝公主殿下清晰地給我們講解了成語的定義。」

她又轉頭問羅倫和勞思：「兩位對這次成語大賽有什麼期待？」

「成語在我國已經深入民心，人們寫文章或説話，都喜歡加入一些成語，可以説，成語已經成了我國文化不可分割的一部分。所以，我對這次成語大賽的成功很有信心，相信這次比賽之後，將在我國引起新一輪的學習成語熱潮。」羅倫的聲音渾厚有力，並帶着飽滿的情感，有點像話劇演員。

勞思接着説：「成語根植於中國五千年文明的沃土，是中華民族語言寶庫中最璀璨的明珠。成語中蘊含着廣博的知識，它在長期的語言運用與實踐中演變發展、日益豐富，散發着無以倫比的魅力。我可以預料，接受成語、喜歡成語的人會越來越多。據我所知，現時世界上很多國家，都已經把成語融入了自己的文化……」

勞思説完，小嵐點頭表示同意：「是的。喜歡成語的人還真不少，成語大賽之後，我們緊接着開始的青少年成語賽，就有不少國家報名參加，最後我們經過一番篩選，選擇了包括烏莎努爾在內的六個國家代表隊，一起比賽和切磋。」

女記者聽了十分興奮：「那太令人期待了！相信這兩個成語比賽一定很精彩，我們拭目以待。」

第四章

「厲害哥」果然厲害

採訪結束後，小嵐等一行人來到了電視台控制室，等在那裏的節目總監把他們迎了進去，安排他們坐下。

迎面大牆上有一塊巨大的屏幕，上面正在現場直播電視台記者採訪大會選手。

女記者手拿麥克風問一名四十來歲的阿姨：「請問，你是做什麼工作的？你有信心入圍總決賽嗎？」

阿姨笑得很開心，還朝鏡頭比了個勝利的手勢，然後說：「我是個辦公室文員，一向喜歡中國詩詞和成語。我有信心，也一定要有信心，因為，我是來向家裏人證明自己能力的。」

記者接着又問一個十歲左右的男孩：「小朋友，你是自己來的嗎？你能通過選拔，好厲害啊！」

「我是和媽媽、姐姐一塊來的，我姐姐也入圍了。」小男孩指了指旁邊一個看起來十三四歲的文靜女孩。

記者笑瞇瞇地說：「哇，你們家好厲害哦！我猜

猜你和姐姐今年幾年級，唔，你四年級，姐姐⋯⋯中二吧！」

「嘻嘻嘻，阿姨你真笨，我讀五年級呢，姐姐今年讀中四了。」小男孩得意地笑了起來。

被小男孩說笨的記者也不介意，哈哈地笑了幾聲，鼓勵了兩姐弟幾句，又拉住旁邊一個年輕人：「你是中學生還是大學生？對自己有信心嗎？」

「哈囉大家好！我是大一學生。」年輕人得意地朝鏡頭揮揮手，說，「當然有信心！我不但有信心今天能通過，還有信心在總決賽中取得好成績。」

記者瞪大眼睛：「啊，厲害厲害，你覺得自己有希望拿到冠軍嗎？」

「能！」年輕人把胸口拍得「嘭」的一聲響，「不過，算了，做人還是謙虛點好。拿亞軍吧！」

這樣還算謙虛呀？！年輕人的話，惹得控制室內一片笑聲。勞思教授指着屏幕嚷道：「哈，這孩子我喜歡！」

節目總監點點頭：「記住這小子，看看他能走多遠。」小嵐和曉晴沒作聲，只是交換了一下眼神：這不是剛才碰到的那個「厲害哥」嗎！

採訪完畢，鏡頭切換到了其中一個布置好的比賽場地，那裏即將舉行今天的《千人淘汰賽》中的第一回合——成語重組。

屏幕上出現了曉星的特寫鏡頭，在他身後是魚貫而入的第一組二十名參賽選手：「各位電視觀眾，你們好，我是成語大賽的主持人曉星！歡迎收看今天的『千人淘汰賽』。第一關考驗選手的成語組合能力。大家請看……」

鏡頭切到了場內其中一張像小學生課桌般大的桌子，桌子上放着二十四個小方塊，曉星指着方塊說：「這些倒扣着的方塊上都刻有一個漢字，二十四塊方塊裏面包含了六個四字成語，選手要用這些打亂順序的方塊，把這六個成語準確地拼出來，用時最短的十名選手晉級下一關。而另外十名選手就被淘汰，即時離場。」

鏡頭又在站到每張桌子前的選手身上一一掃過，選手顯然已知道了比賽規則，有的泰然自若信心滿滿，有的臉露緊張惴惴不安，有的滿不在乎東張西望……

曉星對選手們說：「等會兒紅燈亮起，大家就開始拼成語，完成後就按一下桌子右邊的按鈕，工作人員就會來核實及登記完成時間。」

比賽開始了，隨着總導演的一聲「開始」，紅燈亮起，開始計時。

因為分四個小賽場進行，所以這時牆上的大屏幕也分成了四個畫面，分別顯示四個賽場的情形。

選手們開始拼成語，每個人都拼盡全力，誰都不想在這輪比賽之後失敗離場。

一台攝影機給了桌上的方塊一個特寫鏡頭，這時方塊已經被選手翻到有字的一面，可以清楚見到那每行四個字、一共二十四個方塊上的字，曉晴伸長脖子看着，嘴裏唸道：「百一吐偷，猜快挑仙，小天過無，兩不不海，里人換八，日上天間。我的媽呀，這包含了哪些成語呀！」

小嵐把二十四個字在腦子飛快地拼湊着，大約三十秒鐘，她脫口而出：「百裏挑一、兩小無猜、天上人間、不吐不快、偷天換日、八仙過海。」

「啊！」曉晴張口結舌，「小嵐你、你這麼快就拼出來了？」

「哇，小嵐公主，你好厲害！我才拼了四個成語呢！」坐在前排的勞思，吃驚地扭頭看着小嵐。

羅倫滿臉欽佩：「公主殿下，如果你報名參加，相信冠軍非你莫屬了！」

小嵐矜持地笑着說：「兩位別誇我，我會驕傲的哦！」

勞思對節目總監說：「總監，之後的青少年成語賽，你一定要說服公主參賽啊，她如果不參加，我就辭了評點專家這工作。」

「呵呵，還威脅起我來了！」節目總監笑了起

來，他對小嵐說：「公主殿下，那您一定要考慮參加了，要不有人會罷工啊！」

小嵐也笑了：「好啊，為了罷工事件不會發生，我考慮一下。」

幾個人就這麼聊了一下，比賽場裏的第一場已經有結果了，最快的選手以四分零一秒完成成語拼組，果然是小嵐剛才說的那六個成語。

勝出的前十名選手在工作人員的引導下，由左邊舞台下去，他們有資格角逐下一輪的密室成語大比拼，爭取進入總決賽。而排行十一到二十名的選手，就由右邊舞台下去，被淘汰離場了。

看着那十名被淘汰的人快快不樂地離去，小嵐都有點於心不忍。特別是一個看上去才八九歲的小女孩，哭得稀里嘩啦的，邊哭邊喊媽媽。

小嵐想了想，從背囊裏拿出兩張綠色的票，那是成語大賽總決賽的VIP入場券，有了它，可以到現場觀看每一場的成語比賽。她朝站在一旁的電視台職員招了招手，把票交到職員手裏，說：「請幫我把這入場券交給剛剛落敗的小女孩。」

職員接過票，點頭說：「好的，我馬上去。」

曉晴看了小嵐一眼：「唉，你這人就是太心軟了。這麼多人落敗，你安撫得了一個，還能全部都顧及嗎？」

話未說完，畫面上給了一個大男孩一個特寫鏡頭，大男孩長得很秀氣，只是此刻臉上全是沮喪，又是一個落敗者。

　　「哇，花美男小哥哥哦！小哥哥好可憐！嘿嘿嘿，那位職員姐姐，請留步！」曉晴朝那個去送票的職員喊道。

　　「請把我這張VIP票送給那個小哥哥。」曉晴對職員說。

　　「哼哼。」小嵐朝曉晴哼了兩聲，「剛才不知是誰說我心太軟呢！」

　　「嘻嘻。」曉晴臉皮很厚，絲毫沒有不好意思的樣子，只是皺起了可愛的小眉頭，「嗯，我們的票都送出去了，下次怎麼看比賽呢？聽說票很緊張，全賣出去了。」

　　「笨蛋，還來這控制室不就行了！」小嵐說。

　　「沒法感受現場氣氛呀！」曉晴嘟起了小嘴。

　　小嵐瞪她一眼：「那你去把入場券追回來。」

　　「不行！送給小哥哥的東西不可以要回來的哦。」曉晴喊道，「嘿，算了吧，沒氣氛就沒氣氛。曉晴我為帥帥小哥哥兩脇插刀！」

　　「嘖嘖嘖，花癡鬼！」小嵐決定鄙視眼前這個人。

　　這時，第二批選手上台了，各自站到一張小桌子

前，一聲開始，又進入了緊張的比賽中。

節目總監也在替選手緊張：「哎呀，糟糕，那女孩子把好幾塊方塊碰落地上了。」

勞思惋惜地直搖頭：「太年輕沒經過大場面，看，撿東西都浪費十多秒了。」

羅倫院長眼睛一亮：「快看，那不是剛才說自己很謙虛，準備拿亞軍的小子嗎？他很快呢，一下子就擺好幾個成語了！」

曉晴跟小嵐說悄悄話：「厲害哥果然厲害！」

「叮！」有人按了按鈕了。

是厲害哥呢！第一個完成，三十秒五。

「叮！」第二個完成了，三十九秒三。

「叮！」

「叮！」

終於，二十人都拼好了六句成語，全部正確，差別的只是時間長短。

比賽就是這樣，賽制決定一切，你拼得再對，也得受時間快慢的限制。

厲害哥以時間最短成為該組第一名，進入了下一輪比賽。

第三批二十人的拼成語比賽，最快的三十秒九拼好，沒有超過厲害哥的成績。這場最大的亮點，是那個二年級小男孩和他姐姐都過關了。小男孩拉着小姐

姐的手，得意地呲着兩隻小兔牙，歪着小腦袋朝鏡頭做勝利手勢。

　　第四批人，第五批人……第十二批人，千人淘汰賽終於在中午一點前完成了，選手人數也只剩下了一半——五百人。這五百人還要再經過下一輪的比賽，而下一輪比賽更殘酷，淘汰率更高，只留下三十六名選手。

　　五百名選手們回到了最初聚集的大廳，領取下一場比賽的入場證。他們都在激動地呼朋喚友，交流勝利的喜悅和對下一場比賽的信心與期待。

　　一星期後的五百進三十六的比賽，還有之後的兩場總決賽，小嵐都因為有事沒能去看，具體情況都是曉星或者曉晴在晚飯時吱吱喳喳、繪影繪聲地告訴她的。賽果令人驚喜，冠亞季軍三個人，竟然都是他們見過的人，冠軍是「厲害哥」徐昆，亞軍是兩姐弟一齊入圍的那個小姐姐林悠悠，而季軍很出人意外，竟然是曉晴給送了一張VIP入場券的那個帥帥花美男。

　　他不是在千人淘汰賽中被淘汰了嗎？

　　曉星給小嵐解了惑：「是這樣的。中途有個復活賽，沒想到黃非鴻像大神附體一樣，過關斬將，在復活賽中脫穎而出。接着越戰越勇，進入了十人決賽，最後得了第三名。」

　　「哈，他叫黃飛鴻？！」小嵐愣了愣，有點好

笑。這瘦瘦弱弱的花美男，竟然跟那位著名的功夫大師一樣的名字！

「哈哈，不是啦，字不一樣。中間那個字不是飛上天的飛，是非常的非。」曉星笑着作了說明。

小嵐看了一下三人的成績，都挺不錯的。心想之後的六國青少年成語賽，就以他們為基礎，再從其他參賽選手中選一些排名靠前的，組成一支高水平的隊伍應該不難。

原來小嵐已經決定參加這次六國青少年成語賽，並且擔任烏莎努爾隊的隊長。

第五章

隊員首次召集

今天，是六國青少年成語賽烏莎努爾代表隊首次召集的日子，召集地點在國家電視台。上午八點，小嵐三人收拾停當，坐上等候在嫣明苑門口的小轎車，往電視台而去。

國家電視台位於烏莎努爾首都的中心地帶，總部大樓占地面積十五萬平方米，總建築面積約五十萬平方米，園區共由三個建築物組成：位於東南側的總部大樓、位於西南側的電視文化中心以及位於東北角的新世代藝術發展中心。

園區道路很寬大，綠化環境很好，車子進了大門之後，一直暢通無阻地逕直開往召集地點——電視文化中心。

在護衛大叔的熱心指點下，他們很快找到了集合地點——小禮堂。

小禮堂的門半掩着，離了十幾米便聽到裏面傳出熱鬧的聲音。一把小女孩的清脆嗓音傳來：「這個成語的意思是飯還沒有煮熟，就已經從睡眠時產生的想

像中醒來。比喻不能實現的願望。」

一把有點沙啞的男聲馬上接道：「黃粱美夢！」

「對！」許多把聲音一起喊。

一把小男孩奶聲奶氣地問：「比喻開始時聲勢很大，到後來就草草收場，有始無終。裏面提到兩種很兇的動物。」

還是那把有點沙啞的男聲立刻應道：「虎頭蛇尾！」

「對！」許多把聲音繼續一起喊。

一把大嗓門女高音問：「泛指美好山河。第一個及第三個字是表示顏色的。」

有點沙啞的男聲立刻應道：「青山綠水！」

「對對對！」許多把聲音又再喊起來。

之後，沙啞聲音的男聲又一連猜中了七八個成語。門外的三個人都很吃驚，這人是誰，好厲害！

小嵐推開門，只見一班人正圍着一個年輕人，輪番考他。年輕人一臉得意，自信滿滿的。

那年輕人他們認得，正是「厲害哥」呢！厲害哥果然厲害！

「隊長！」

「公主殿下！」

裏面的人都是烏莎努爾代表隊的隊員，見了小嵐進來，都紛紛打招呼。

「大家好！」小嵐笑瞇瞇地說，她轉頭看看徐昆，「剛才我們在門口見識了你的厲害，了不起！」

徐昆因為早前在選手大道時把人家堂堂公主叫做小妹妹，之後見到小嵐都有點尷尬。聽到小嵐稱讚自己，他撓撓腦袋，傻笑着：「嘿嘿，嘿嘿！」

小嵐轉臉看向隊員們，說：「大家有沒有信心在成語賽勝出？」

「有！」聲音大得要把屋頂震起。

「好。下面我點一下名。」

看着小伙伴們鬥志旺盛的樣子，小嵐挺高興的。她拿出一張名單，唸道：

「徐昆。」

「到！」厲害哥胸膛一挺，應道。

「林悠悠。」

「到！」清脆悅耳的女孩聲音。正是亞軍、那對姐弟中的小姐姐。

「黃非鴻。」

「到！」花美男帥氣地甩了甩垂下來的留海。

「林棣棣。」

「到！」聽聲音好像個小娃娃。噢，林棣棣，真是弟弟哦，是那一對姐弟中的弟弟！

小傢伙雖然未能晉身冠亞季軍，但比賽中的表現不俗，所以小嵐把他選進烏莎努爾隊了。

看着小屁孩做勝利手勢、呲着小虎牙笑的得意樣子，小嵐忍不住摸了摸他的頭髮：「看好你哦！」

「謝謝公主姐姐！」小傢伙很神氣地來了個立正、敬禮。

「霍林。」

「到！」

小嵐這時停了停，朝站她對面兩個長一模一樣的男孩看了一眼。

那是一對雙生子隊員，選拔時讓他們入圍是基於電視台製作人的要求，說可以為比賽增加娛樂性。但他們在後來的千人淘汰賽和總決賽中越戰越勇，表現不俗，所以這次把他們選入了代表隊。

「巴東！」

「到！」

「巴西！」

「到！」

「……」

連小嵐和曉晴曉星在內的十二名隊員，平均年齡十五歲，真是名符其實的少年隊！

「好，那咱們就一起努力，把冠軍盃拿到手，也爭取讓中華文化書院在烏莎努爾開辦。」小嵐揰揰拳頭說。

「爭取讓中華文化書院在烏莎努爾開辦？這跟

六國成語賽有關聯嗎？怎麼回事？」大家聽了都紛紛問。

大家都記得，不久前，中國半官方團體——中華文化友好促進會曾通過新聞媒體表示，考慮在這附近區域開設中華文化書院。消息傳開，不少國家都向該促進會發函請求，希望中華文化書院設在自己國家。

「是中華文化友好促進會的決定嗎？要把中華文化書院設在六國成語賽冠軍隊所在國家？」徐昆眼睛發亮，十分激動。

徐昆是中國華僑，爺爺那輩移民來到烏莎努爾的，他本人十分熱愛中華文化，所以這消息對他來説格外重要。

「是的，賓羅大臣早上剛剛收到的消息。」小嵐點點頭，「希望學習和研究中華文化的國家很多，所以中華文化友好促進會也覺得選擇困難，所以趁着這次舉辦六國成語賽，讓中華文化書院落戶冠軍國家，也好讓落選國家心服口服，同時成就一段佳話。」

徐昆喜笑顏開：「耶，太好了太好了！我原來還準備大學畢業後就去中國學習中華文化，如果中華文化書院設在烏莎努爾，那我就不用跑那麼遠了。」

林棣棣蹦跳着：「我也去中華文化書院讀書！徐昆哥哥，我和姐姐跟你做同學！」

林悠悠姐弟也是華人後代。

「我們也去!」巴東巴西齊聲説。

他倆是烏莎努爾原住民後代,但也喜歡中華文化,所以聽了這消息也十分雀躍。

小嵐笑笑説:「這願望能不能實現,就看你們自己了。」

「我們拼了!」

「我們要做冠軍!我們要中華文化書院!」

「好,士氣不錯,我看好大家。」小嵐滿意地點點頭,又説:「宣布一件事,六國成語賽初賽地點選在天域國,而決賽就定在我們烏莎努爾⋯⋯」

「哇,可以坐飛機出國玩囉!」林棣棣像隻兔子那樣蹦着。

巴東巴西兩兄弟忙着咬耳朵:「天域國的動漫手辦種類特別多,問老爸要多點錢⋯⋯」

林悠悠眼睛一亮:「那裏很多大型購物中心,到時一定買買買⋯⋯」

「喂喂喂,別忘了正經事,我們的目標是拿冠軍啊!」徐昆這時心目中滿是拿冠軍搶中華文化書院,聽到幾個小朋友的話,馬上瞪起眼睛。

「嘿,徐大叔你少擔心,我們肯定是先比賽後玩耍的。」林棣棣嘻皮笑臉地説。

「臭小孩,竟然叫我大叔!」徐昆快氣死了。他雖然在代表隊中算是年紀最大的,但年齡還是小鮮肉

一枚呢，怎麼就成大叔了。

「哈哈哈，我下次不敢了，徐大叔！」林棣棣邊笑邊逃。

一個星期之後，六國青少年成語賽初賽在天域國舉行了。

初賽是六進三，六支隊伍淘汰三支。戰況十分激烈，經過兩天四場比拼，一番龍爭虎鬥，烏莎努爾隊、陀羅隊、天域隊三支隊伍脫穎而出，殺入第二場比賽。

第六章

陽光男孩和傲慢公主

萬里藍天，一架銀色的小型客機從空中慢慢下降，穩穩地落在地上，然後因為慣性在跑道上滑行了長長的一段路。

小嵐和曉晴曉星穿着正裝，站在安全區域裏，看到飛機停穩，便走了過去，站在離飛機十多米遠的地方等候着。跟他們一塊的，還有烏莎努爾青年部部長——三十二歲的裴菲和一名女翻譯。

他們今天是來迎接參加青少年成語大賽決賽的三支隊伍的。與三支隊伍同坐一班機的，還有從北京來的中國成語大賽總冠軍王一川。王一川是這次成語賽決賽特別邀請的點評嘉賓。

過了幾分鐘，艙門打開，舷梯慢慢伸出，兩名身穿制服的空中小姐出現在機艙門口，微笑着站在兩邊。又過了一會兒，一名二十多歲、臉上笑容可掬的年輕人走出機艙。他穿着一身灰色休閒服，身材修長結實、步履矯健，神采奕奕，看來是一名陽光男孩。

當年輕人走下舷梯時，裴菲和翻譯迎了上去，跟

他熱情握手：「王先生，歡迎來到烏莎努爾。一路辛苦了！」

年輕人笑着回應：「謝謝部長百忙中來機場迎接。」

裴菲把年輕人引到小嵐面前，介紹道：「公主殿下，這位是兩屆中國成語大賽總冠軍王一川先生。」

小嵐微笑着伸出手，說：「你好！」

「公主殿下，您好！」王一川笑得一臉燦爛地跟小嵐握手。

小嵐露出親切笑容，說：「王先生在中國成語大賽的出色表現令人驚歎，希望您的到來，能給烏莎努爾帶來更濃的中國風。」

「烏莎努爾的中國風已經很濃了。」王一川指着機場大樓門口掛着的一排中國式紅燈籠，笑着說：「剛下飛機，中國風就撲面而來。」

在場的人都笑了起來。

「一川哥哥，我是曉星。」曉星從小嵐身後鑽了出來，搶着跟王一川握手，眼裏冒着小星星，「你是我偶像呢，請多多指教！」

「噢，原來你就是風流倜儻、玉樹臨風的曉星小朋友呀！」王一川使勁握了握曉星的手，笑着說：「你也是我偶像啊！我知道你跟着小嵐公主，破了不少奇案。」

「嘻嘻嘻嘻，你在北京也知道我呀，原來我這麼出名！」曉星笑得「見牙不見眼」。

曉晴不甘心讓曉星專美：「你好，冠軍大哥哥！我是曉晴。」

王一川朝曉晴伸出手，說：「曉晴你好！」

曉晴跟王一川握手後，問：「大哥哥，你以前聽過我的名字嗎？」

王一川笑着點點頭：「當然知道。你是小嵐公主的好朋友、好幫手啊！」

曉晴得意地瞟了曉星一眼：「哦，原來我也很出名呢！」

王一川說：「當然了。北京一家出版社買了記錄你們故事的那套《公主傳奇》版權，在中國內地用《智慧公主馬小嵐》為系列名出版發行，很受小讀者歡迎呢！這書還是妹妹推薦給我看的，妹妹是公主的忠實粉絲。她告訴我，第一喜歡小嵐，第二喜歡萬卡國王，第三喜歡曉星，第四喜歡曉晴……」

「啊！哈哈哈哈……我是排第三的。姐姐，你排我後面呢！」曉星發出得意笑聲，他又勝了姐姐一局了。

「哼哼！」曉晴心裏很不爽，狠狠地瞪了弟弟一眼。

這時同一班飛機來到的兩支進入決賽的隊伍，已

經陸續走下舷梯。最先走過來的是陀羅國隊伍。

領頭的是陀羅國的隊長，也是陀羅國的三公主鮑瑜。鮑瑜穿一身黑色小西服，她身材高挑，還有着一張漂亮臉孔，只是神情有點高冷傲氣。在她後面是十多名身穿同款同色衣服的青年男女。

小嵐很有涵養的微笑着跟鮑瑜握手：「我們又見面了，歡迎到來！」

「謝謝！」鮑瑜接着又説：「期待在決賽中與小嵐公主一決高下。」

小嵐説：「我也很期待。」

「我會打敗你的，小心哦！」鮑瑜用挑釁的眼神看着小嵐。

小嵐嘴角上翹，笑着説：「好啊，我最喜歡挑戰了。咱們賽場上見分曉！」

接着是穿清一色白色西裝的天域國代表隊。隊長畢爾是個高大健壯，有着運動員般身材的小伙子，一開口，聲音震得人耳朵嗡嗡響：「你好，公主殿下！烏莎努爾真漂亮，把我迷住了。」

小嵐説：「謝謝！歡迎光臨烏莎努爾。」

曉星向來是個自來熟：「畢大哥，等比賽完畢，我領你們到處去玩。」

畢爾很高興：「好啊，一言為定！」

寒暄完畢，已是下午三點多，裴菲和女翻譯負責

把客人送到國賓館。旅途勞頓，讓他們先休息一會，然後參加由小嵐公主作為主人的歡迎晚宴。

時間還早，小嵐三人先回王宮。

曉星像大爺一樣攤坐在寶馬車寬敞的座位上，拿着包薯片咔嚓咔嚓地咬着，嘴裏還同時說着對王一川的觀感：「……我喜歡一川哥哥，他老是笑，人很親切……」

曉晴拿着小鏡子補妝，聽了曉星的話破天荒地表示同意：「嗯，我也喜歡一川哥哥，他太帥了，簡直帥得一塌糊塗！」

曉星趕緊吞下嘴裏的薯片，說：「但沒有萬卡哥哥帥。」

他是萬卡國王的死忠粉，每時每刻都忘不了維護自己的偶像。

曉晴停下補粉的手，瞪自己弟弟一眼：「你哪隻耳朵聽到我說他比萬卡哥哥帥了？」

曉星不依不饒地說：「我不管！反正你以後說誰帥的時候，麻煩請附帶一句『但沒有萬卡哥哥帥』。」

曉晴啪地合上小粉盒的蓋子，氣呼呼地說：「為什麼我說別人帥的時候一定要說『但沒有萬卡哥哥帥』？我即使不說萬卡哥哥帥，萬卡哥哥也帥的。」

小嵐滿耳朵都是「帥帥帥」的，忍不住打斷了那

兩個包頂嘴姐弟的話：「停停停，煩死了！」

曉星哼了一聲：「你看你看，小嵐姐姐都要罵你了！」

曉晴也哼了一聲：「小嵐是在罵你！」

「罵你！」

「罵你！」

小嵐咬牙切齒：「再鬧把你們扔下車！」

「啊！」兩姐弟用一模一樣的動作摀住嘴。

過了一會兒，不甘寂寞的曉星又說話了：「我不喜歡陀羅國那個什麼三公主鮑瑜，我總覺得她對我們不友好。」

曉晴扭了扭身子說：「我也不喜歡她。眼睛都長額頭上去了，太沒禮貌。」

小嵐點了點頭：「我也覺得她說的話好像向我挑戰似的。但是我跟她並不熟識呀，她沒理由這樣。也許是因為她的公主身份，造成她不管對誰都那麼傲氣。」

曉星握握拳頭：「下次見到她，我也給她臉色看。以為自己是公主就可以這樣嗎？哼！」

小嵐搖搖頭說：「來的都是客人，咱們大氣一點，不要跟她計較。」

曉星悶悶地說：「好吧！」

第七章

曉星的大發現

萬眾期待的六國青少年成語賽即將開始了。

這天上午十點，三支參賽伍隊分別在電視台三間休息室裏積極備戰，選手們兩兩分組，為下午的第一場比賽作準備。

「這個成語形容筋疲力盡、精神不振的樣子。第二個字和第四個字意思是相反的。」

「半死不活？」

「對！下一個。這個成語形容人得意又興奮的樣子。第一個字是人眼睛上面兩條像毛毛蟲模樣的東西。」

「人眼睛上兩條像毛毛蟲的東西？噢，眉毛！眉開眼笑！」

「第一個字對。再猜！」

「眉……眉飛色舞？」

「對！」

小嵐帶着曉晴曉星走進休息室的時候，就見到先到的隊員都兩人一組在練習猜成詞，十分認真。初賽

時所有隊員都表現很好，接下來的比賽小嵐很有信心能贏。

曉晴找自己的拍檔練習去了，曉星說：「小嵐姐姐，咱們再練習一下雙音節猜詞好不好？」

「沒問題。」小嵐說。

什麼是雙音節詞？

由兩個音節*組成的詞就叫雙音節詞，它佔詞的絕大多數。如：認真、勤勞、謹慎、漢語、英語等等。

比賽項目中的雙音節猜成語，就是由同一隊的人兩兩分組，一人負責提示，一人負責猜成語。提示的人根據成語的意思說出一個雙音節詞，如果對方猜不到，提示的又再說一個能體現這個成語意思的雙音節詞，一直到對方猜出為止。提示的雙音節詞裏不能出現該成語裏的任何一個字，如出現就算犯規。

兩人走到一角坐下，小嵐說：「我先提示，你答。」

小嵐想了想，說了一個詞：「報答！」

曉星眨了眨眼睛：「感恩戴德？」

小嵐搖搖頭，想了想，又說：「嬰兒。」

曉星撓頭：「嬰兒？」

---

* 音節：一個音節就是一個音，漢語的字大部分都是一個音節的，如「期」、「可」、「嵐」等。

小嵐見曉星猜不出來，又説：「一生。」

曉星苦苦思索。突然靈機一動：「沒齒難忘！對不對？」

小嵐笑着點頭：「對了！」

曉星這才鬆了口氣：「哇哦，難死寶寶了！」

小嵐問：「猜了幾個都猜錯，怎麼突然又開竅了？」

曉星説：「你一説『一生』，我就聯想到你之前說的報答和嬰兒。嬰兒是指沒牙齒，而『沒齒』也指終身、一輩子。一輩子也忘不了，不就是沒齒難忘嗎？」

小嵐點頭：「三個詞就猜到成語，算你聰明。」

曉星得意洋洋：「嘻嘻，本來就聰明嘛！」

小嵐撇撇嘴，又説：「好，輪到你出題了。」

「好的。」曉星撓撓腦袋，正要説話，休息室裏的廣播器就響起了聲音：「各參賽隊伍注意，請各隊隊長馬上來十九樓會議室開會……」

小嵐對曉星説：「你自己看看成語書吧，我去開會了。」

「嗯，等你回來再練。小嵐姐姐拜拜！」曉星拉開門讓小嵐出去。

小嵐走後，曉星正要關門，見到隔壁休息室有兩個人走出來，其中一人摟着另一人肩膀，很是親熱。

曉星認得其中一個人是陀羅國的隊長鮑瑜，而另一個人⋯⋯

曉星的眼睛睜大了，這人不就是⋯⋯

等兩人走遠後，曉星眨眨眼睛，然後走了出去，往旁邊一拐，停在隔壁休息室門口，伸手把門一推：「各位漂亮姐姐帥氣哥哥，我是隔壁隊的。聽說你們隊很厲害，特地向你們學習來了。」

休息室裏的人都停下了練習，看向曉星。見到一個漂亮可愛的小男孩說他們厲害，還要來學習，他們

心裏都開心得不要不要的。

「哪兒來的可愛小弟弟，快進來快進來。」幾個女孩子笑瞇瞇地朝曉星招手。

本來他們在機場時見過的，只是當時曉星戴着一副大大的黑眼鏡，遮住了半邊臉，所以沒人想起他早前曾在機場出現過。

曉星露出「我很可愛」的乖巧笑容，走進了陀羅國隊的休息室，他馬上被牆上貼着的一幅幅大字標語晃花了眼：

「陀羅國隊一定贏！一定一定一定！」

「打敗烏莎努爾隊，陀羅國隊必勝！」

「陀羅陀羅，勝利屬我！」

「我們是冠軍！」

「⋯⋯」

曉星瞬間眼睛睜大了幾分，心想，這樣做有助拿第一嗎？早知道咱們隊也貼，不僅貼牆上，連地面、天花板也貼。

「小弟弟，你也知道我們很厲害嗎？算你有眼光！」

「小弟弟，我們是來拿冠軍的。」

「小弟弟吃水果！」

曉星笑嘻嘻地接過小姐姐手裏的一隻香蕉，掰開吃了起來。吃完才裝作不經意地問：「咦，你們隊長

呢？」

一個大男孩説：「我們三公主剛剛送莫邪小姐出去，莫邪小姐是我們三公主的表妹。」

哦，曉星明白了。怪不得……

「小弟弟，你想學習什麼，儘管問，哥哥姐姐教你。」

曉星睜大眼睛，露出一副很萌很萌的樣子：「嗯，我想來學習……學習你們的自信，我想知道你們覺得自己一定能拿冠軍的自信來自哪裏？」

一個口齒伶俐的小姐姐驕傲地説：「我們的信心來自之前的準備充足。莫邪小姐給我們隊贊助了五百萬元，讓我們十二個人集中訓練了兩個月，給我們培訓的導師有中華文化專家、開發記憶專家、精神科專家，我們現在可厲害了！」

曉星聽得一愣一愣的：「中華文化專家教你們認識成語理解成語，記憶專家教你們怎樣記憶成語，這個我明白，但請來精神科專家……難道你們中間有神經病不成？」

伶俐小姐姐捂住嘴笑：「沒有啦！精神科專家，教我們如何安定情緒，在賽場上怎樣鎮靜自如……」

「啊！」曉星眼睛頓時睜大了，這這這這，這真是太刷新本小公子的認知了。

曉星想知道的都打聽到了，想馬上回去報信，

便說：「我突然想起來有點事，等會再來請教，拜拜！」

「啊，要走了？咦，還沒問你是哪個隊的？」

「我是烏莎努爾隊的曉星。」

「啊，小嵐公主的好朋友！天啦，讓他知道得太多了。」

「三公主一再叫我們防着他們的啊！」

趁着休息室裏兵荒馬亂、一片懊惱之際，曉星吱溜一下溜出門，跑回烏莎努爾隊休息室了。

小嵐還沒回來，曉星又找曉晴：「姐姐姐姐！」

曉晴正在翻着一本成語詞典，聽到曉星喊不耐煩地說：「有話就說。」

曉星神秘兮兮的跑到曉晴身邊，說：「你猜我剛才看見鮑瑜跟誰在一起？」

曉晴沒好氣地說：「我管她跟誰在一起，沒興趣猜。」

曉星推推曉晴，說：「哎呀姐姐，我這樣問肯定有意思的嘛！快猜快猜！」

曉晴扭轉頭：「不猜不猜不猜，就不猜！」

曉星無可奈何：「姐姐你好沒趣，猜一猜又不會死的。嘿，我實在忍不住了，告訴你吧，是莫邪！」

「莫邪？！」曉晴一愣，她把書往桌上一放，問道：「你是說我們在公主盃足球賽決賽中，打敗的霸

天隊隊長莫邪？」

曉星說：「嗯嗯嗯嗯！」

曉晴恍然大悟：「噢，這下我明白了。怪不得那鮑瑜看我們時一臉的仇恨，原來是因為莫邪！」

之前的公主盃足球大賽，莫邪當隊長的霸天隊敗給了以小嵐做隊長的公主隊。

賽前莫邪信心滿滿的以為一定能贏，所以還跟小嵐打賭：誰敗了，誰就吃手機。沒想到，最後是莫邪的隊伍輸了。她輸了自然不再提起吃手機的事，想蒙混過關。本來小嵐也不是那麼計較的人，也沒把吃手機一事記在心上。沒想到曉晴和曉星不忿莫邪之前的囂張，硬是訂做了一個五鎊重的手機型大蛋糕，送到莫邪住的地方，暗示她失敗要吃手機的事。

莫邪惱羞成怒，把大蛋糕扔在地上，還狠狠地說了一句：「此仇不報枉為人！」

看看，這就是人品問題了。打賭是她提出的，結果她輸了又想賴掉，還發脾氣。曉晴曉星雖然頑皮，但也情有可原呀，說話要算數的，沒送個真的手機逼她吃下去，已是很善良的了。沒想到，莫邪竟然輸不起，自己失敗卻去記恨勝利的人。

這次，她分明是早有預謀，通過資助陀羅隊，想讓表姐鮑瑜在成語大賽中打敗小嵐的隊伍，替她「報仇」。

「才不怕呢！我們隊人才濟濟，保證把他們打得落花流水！」曉晴一點不擔心。

　　「還有我呢！英俊瀟灑、風流倜儻、玉樹臨風的曉星小公子！」曉星把胸口拍得砰砰響。

　　「嘁！」曉晴撇撇嘴，又拿起了成語字典。

第八章

蛇鼠一窩

小嵐直到午飯時間才回來。

「嘿嘿嘿，大家先集中一下，有事宣布！」她拍了幾下手，招呼隊員們。

十一名隊員迅速向小嵐靠攏。

小嵐看了大家一眼，然後説：「下午兩點正式開始比賽，並進行錄影。第一輪比賽是三支隊伍車輪戰，每支隊伍派出六組選手中的三組參賽。我們隊這一輪出戰的三組是徐昆和林悠悠，黃非鴻和陳曉，巴東和巴西。」

被點到名的六人都摩拳擦掌的，一臉興奮。趁着離午飯時間還有一點時間，都各自找地方作最後衝刺了。

「小嵐姐姐，我們幹嘛不第一輪上？」曉星嘟着嘴，拉拉小嵐的衣袖，但他一下又興奮起來，「噢，我明白了，殺雞焉用牛刀。」

小嵐撇撇嘴，沒管他，讓這傢伙自己興奮去。

曉晴也沒能第一輪上，但她並不在乎，重在參與

嘛，先上後上還不一樣。

　　很快到了下午兩點，可以容納數千人的錄影大廳裏，不同年齡的觀眾已經入座，三支參賽隊伍也在選手席裏分別就座。

　　錄影開始了，在激揚的令人振奮的背景音樂中，電視台著名節目主持人朱莉，身穿端莊大氣的中國傳統旗袍，邁着婀娜的步子登場：「大家好，這裏是六國青少年成語賽決賽現場……」

　　朱莉的聲音十分好聽，好像一隻黃鶯鳥在唱着清脆悅耳的歌，觀眾們都安靜地聽她說話。朱莉妙語如珠地說完了開場白之後，朝坐在一側的三位嘉賓點了點頭，轉而向觀眾介紹道：「下面給大家介紹到場的三位嘉賓，這兩位是烏莎努爾中國文化研究院的羅倫院長、勞思教授，這位是來自中國的兩屆成語大賽冠軍王一川先生……」

　　全場熱烈鼓掌，等掌聲稍停，朱莉繼續介紹參賽隊伍：「六國青少年成語賽，初賽決出三支隊伍——烏莎努爾代表隊，陀羅國代表隊，天域國代表隊。三個代表隊的隊員都是年齡在十八歲以下的學生，下面先給大家介紹烏莎努爾隊。」

　　小嵐帶着隊員起身，向觀眾揮手致意。觀眾席裏響起一陣熱烈的掌聲。有些人在大喊：

　　「烏莎努爾隊必勝！」

「公主加油！」

小嵐微笑着朝觀眾點頭，然後帶着隊員們坐了下來。

朱莉接着介紹天域隊。天域隊隊員們在隊長畢爾帶領下向大家揮手，場上觀眾都給他們報以熱烈的掌聲，歡迎外國來的朋友。

最後介紹的是陀羅隊。鮑瑜帶着隊員站起來，喊了一聲「一二三」，隊員們就一齊拼命喊道：「陀羅陀羅，勝利屬我！陀羅陀羅，誰敢攔我！陀羅必勝，陀羅必勝！」

聲音很大，全場人都被嚇到了，連鼓掌都忘了。愣了好一會兒，才由朱莉率先鼓掌，帶動大家跟着鼓起掌來。人們一邊鼓掌，一邊在心裏嘀咕：不用這麼誇張吧，嚇死寶寶了。

鮑瑜見到人們錯愕的表情，心裏還挺得意的。她正要這樣的震懾作用。最好烏莎努爾隊和天域隊的士氣都被嚇跑了，那今天自己隊伍就會贏得更加漂亮了。

曉星正拿着杯子在喝水，被陀羅隊突然爆發的喊聲嚇得手一抖，水灑到衣服上了，不禁氣呼呼地用一句成語表示不滿：「哼，嘩眾取寵！」

曉晴也摸着砰砰跳的小心臟：「大聲就會贏呀，神經病！」小嵐沒作聲，但心裏也有點哭笑不得，這

鮑瑜竟然搞這一出，還真是有病！

朱莉笑着説：「陀羅隊果然是一鳴驚人啊！期待你們接下來的驚人表現。好，讓我們再一次把掌聲送給三隊選手，預祝他們在比賽中取得好成績。」

朱莉拿出提示紙瞧了瞧，接着説：「好，下面宣布今天的比賽規則。今天這期節目三支隊伍分別派出三組選手參加，我們會採取三隊車輪賽，什麼是車輪賽？就是每輪由不同隊的兩組選手上台答題，勝組留下，敗組離開，再由第三隊組別上台和勝組對決，直到其中兩隊選手全部失利，勝隊全體隊員安全，不用再參加之後的淘汰賽環節。比賽採用目標計時對抗的方式進行角逐……」

什麼是「目標計時對抗方式」？朱莉作了以下解釋：「每組一人描述成語的意思，另一人猜，一共四個成語，全部完成用時較短的組別得勝。在描述過程中不能出現題目中的任何一個字，允許描述的選手有一次跳過和一次犯規的機會。」

朱莉作完一番解釋後：「今天首先出戰的是陀羅隊和烏莎努爾隊，陀羅隊，你們先派出的選手是哪兩位？」

鮑瑜站了起來，説：「我們首先派出的是海子和亭姍。」

朱莉又望向烏莎努爾隊：「烏莎努爾隊，你們準

備派哪兩位選手出場？」

烏莎努爾隊隊長小嵐站起來，回答説：「我們首先出場的是巴東和巴西。」

朱莉説：「好，請兩組選手上場！」

陀羅隊的兩名選手，男孩海子和女孩亭姍上了舞台，站到了右側案桌前。

烏莎努爾隊員巴東和巴西出場的時候引起了轟動，兩名長得很帥氣很精神的小男孩一樣相貌，一樣高矮，一樣服裝，太吸引人眼球了！

巴東巴西手拉手，走到了左側的答題案桌前。

朱莉見到選手們都挺緊張的，便有意讓他們緩和一下，她笑着對雙生子説：「嗨，兩位小帥哥，你們究竟誰是哥哥，誰是弟弟呀？」

其中一個男孩看了看朱莉，説：「你猜。」

朱莉用手指虛點了點那男孩，故意氣哼哼地説：「你、你這壞小孩！」

全場哈哈大笑起來。

另一個男孩笑着説：「我弟弟巴西一向調皮，對不起哦！」

「原來你是哥哥巴東，他是弟弟巴西。」朱莉把他們打量了一番，説，「你們是我見過的雙生子裏面，最像的一對了。真難為你們父母，平日是怎樣分辨你們倆的呢？」

巴西得意地笑笑，説：「其實很容易認的，哥哥左眉有一顆小痣。」

　　「左眉有一顆小痣？」朱莉走到巴東面前，湊近細看，然後説：「哇，果然，巴東眉毛上有顆小痣。不過，不認真看絕對看不出來。」

　　「是呀，所以小時候巴西做了壞事，挨打的常常是我。」巴東一臉的委屈。

　　現場的人都笑了起來，連已經站到台上的陀羅隊兩名隊員都笑得彎了腰。

　　朱莉見目的已經達到，選手都不再緊張，便把雙手往下一壓，説：「好啦好啦，辨認雙生子的事我們留待以後研究，現在馬上要開始比賽了。陀羅隊先手，等會兒計時器啟動，你們就趕緊猜詞，爭取時間。」先手是先比賽的意思。

　　海子和亭姍一齊點了點頭。海子描述，亭姍猜詞。兩人一齊握了握拳頭，喊了聲「陀羅必勝」。

　　牆上的計時器開始的同時，猜詞者背後的大屏幕上打出了一個成語「耳目一新」。

　　海子低頭看着桌上平板電腦，説：「聽到和看到的，跟之前不同。」

　　亭姍顯然有點緊張，她皺着眉頭，想了一會兒説：「日新月異？」

　　海子搖搖頭：「不是。我們是用什麼來聽，用什

麼來看的？」

「耳朵，眼睛。」亭姍眼睛一亮。

海子：「跟之前不同……」

亭姍喊道：「耳目一新！」

「對。」海子高興地喊了一聲，又看向平板電腦上出現的第二個成語「賓至如歸」。

海子想了想說：「我們去飯店吃飯，侍應生來接待，給人一種回到家的感覺。」

「噢，賓至如歸！」亭珊喊道。

海子興奮地喊道：「對！」

這時，屏幕上打出的是「欣欣向榮」。

海子說：「形容大自然的景象，小草和樹木長得很茂盛。」

亭姍猜：「根深葉茂？」

海子說：「不是。」

亭姍又猜：「綠草如茵？」

海子搖頭：「不是。」

亭姍想了想：「鬱鬱葱葱？」

亭姍見海子仍然搖頭，不禁哭喪着臉，小嘴嘟着，都快哭了。

「別急別急！」海子又補充說，「這個成語是用來比喻事業蓬勃發展、興旺昌盛的。」

亭姍眼睛轉了轉，有點不確定地說：「生機蓬

勃，欣欣向榮？」

「欣欣向榮對！」海子高興得跳了起來。

觀眾都鼓起掌來。亭姍這才舒了口氣，抬手抹了抹額上的汗。

第四個成語是「青山綠水」，亭姍很快猜了出來，這個組合了一分三十秒時間。

朱莉用誇張的手勢抹了抹額頭，說：「唉，可把我急死了。在欣欣向榮這個成語上你們耽擱太多時間了。」

勞思教授笑着說：「形容小草和樹木長得茂盛的成語的確很多，比如綠草如茵、欣欣向榮、鬱鬱葱葱、生機蓬勃、生意盎然等，所以亭姍一時未猜到欣欣向榮也能理解。」

海子對亭姍表示歉意：「是我描述得不好，對不起。不過還有兩次猜題，我們還有機會。」

亭姍捏捏拳：「嗯，我們加油。」

這時輪到巴東和巴西猜詞了，看上去這兄弟倆挺鎮定的樣子。

巴東描述，巴西猜詞。

屏幕上出現了成語「雪兆豐年」。

巴東說：「冬天天上飄下的那些白白的東西是⋯⋯」

巴西馬上接道：「雪！」

巴東繼續描述：「那些白白的東西下來，預示着將會收穫很多。」

巴西説：「雪兆豐年！」

「對！」巴東看着第二個成語，那是「蛇鼠一窩」，「媽媽常用來比喻我們和爸爸是什麼？」

巴西笑嘻嘻地説：「蛇鼠一窩！」

台下觀眾一聽，全都笑翻了。

巴東看了看第二個成語「草船借箭」，抬頭看着巴西説：「形容運用智謀，憑藉他人的人力或財力來達到自己的目的。」

巴西猜：「借花獻佛？」

巴東搖搖頭：「一個喜歡搖鵝毛扇的人做的一件事。小説《三國演義》裏著名的故事。」

巴西眼睛一亮：「喜歡搖鵝毛扇？孔明！噢，草船借箭！」

「很棒！」巴東高興地喊道。

第四個要猜的詞是「忍無可忍」。

巴東説：「我要是一再煩你，你會怎樣？」

巴西説：「打你！」

巴東瞪大眼睛：「四字成語啊！」

巴西：「……」

巴東：「算了算了，跳過！下一個，綠色的小動物，坐在圓圓的深深的有水的地方，看着天空。以為

自己知道很多。」

「綠色的小動物？看着天空？」巴西眼珠轉了轉，「井底之蛙？」

「嘩……」掌聲如雷，給兩兄弟叫好。

朱莉説：「一分十秒完成，比剛才一組快，巴東巴西組合先得一分。」

嘉賓席裏，王一川笑着問：「巴東巴西，我很好奇，媽媽為什麼要説你們和爸爸是蛇鼠一窩？」

巴西回答：「因為我和哥哥是屬蛇的，爸爸是屬鼠的。」

王一川哈哈大笑：「原來是這樣！」

場上觀眾也都轟然大笑。

比賽繼續，又輪到海子和亭姍組，這次換亭姍描述，海子猜詞。

亭姍看了看平板電腦上的成語——冷言冷語，想了想説：「不是直接表達自己意思，而是旁敲側擊，説些嘲諷的話。」

海子脱口而出：「冷嘲熱諷！」

亭姍急了説：「不是啦，不是冷嘲熱諷。」

聽到「叮」的一聲，提示亭姍犯規了，亭姍這才發現自己一急之下説了「冷」字。

亭姍嘟着嘴，看向下一個成語「安居樂業」，便説：「指人們在安定地生活和開心地勞動。」

「叮！」亭姍又犯規了。

「啊！」亭姍愣了愣，意識到自己把成語中的安字說出來了。

朱莉歎了口氣：「真可惜！你們兩次犯規，這局零分。下面巴東巴西組繼續比賽。」

巴東巴西組用了五十九秒猜完四個成語，完勝海子亭姍組合。

第九章

強中自有強中手

烏莎努爾隊隊員成功淘汰陀羅隊組合，換天域隊的第一組隊員上場。天域隊的兩名隊員三局的完成時間都比巴束巴西長一點，結果又被淘汰了。

賽場上激烈競爭，強中自有強中手，再一輪的比賽中，雙生兄弟在跟陀羅隊的高斯、麥克組對決中落敗。

而高斯、麥克組再贏了天域國的第三組選手後，又敗在了烏莎努爾隊的徐昆和林悠悠手裏。賽場上真可以說得上是龍爭虎鬥，令觀眾看到熱血沸騰。

這時候，參賽的九組人，天域國和陀羅隊一樣，都只是剩下了一組選手，而烏莎努爾隊還有兩組選手。烏莎努爾隊形勢大好，勝利在望了。

選手席裏曉晴很是開心：「我早説了，哪有人是我們對手，我們的冠軍跑不了啦！」

曉星抓了一下頭髮：「唉，真可惜，觀眾不能看到我大顯身手了！」

高斯、麥克組下台後，換上了天域隊最後一組選

手王格格和普樹。這兩人都是體育學院的一年級學生。女孩王格格是學體操的，長得嬌小玲瓏，男孩普樹是打籃球的，又高又壯，兩個站一起時，就像一棵粗壯的大樹幹上掛了一個小信箱，很有喜感。

朱莉鼓勵他們說：「兩位小朋友，你們是天域隊最後的希望了，如果你們能一路高奏凱歌，贏了烏莎努爾隊的兩組和陀羅國的一組選手，那天域隊就能反敗為勝，否則，你們就全軍覆沒了。所以，加油啊！」

「嗯！」王格格和普樹對望，都捏了捏拳頭。

「好，開始吧！」朱莉說。

普樹和王格格先手。普樹描述，王格格猜詞。

比賽開始，普樹看着面前平板電腦上打出的成語是「口若懸河」，便說：「形容人口才很好，說起話來滔滔不絕的。」

「叮」的一聲，提示他犯規了，提示中出現了成語中的「口」字。

「唔，用點心好不好！」王格格生氣地跺着腳，有點急躁。

普樹尷尬地摸了摸鼻子，又低頭看電腦。然後描述說：「形容一個人懶懶散散的、不幹活。」

王格格說：「無所事事。」

普樹搖頭：「不是。」

王格格又想起了一個成語，說：「好逸惡勞。」

普樹撓撓頭：「沒這麼嚴重。」

王格格靈機一動：「遊手好閒。」

普樹拍了一下手：「對。下一個，第一個字是省份，第二個字是動物，這動物跟馬有點像，這成語的意思是用來比喻有限的一點本領都用完了。」

王格格略作思考，說：「黔驢技窮。」

普樹大喜：「聰明！下一個……」

下一個是「養精蓄銳」，普樹想了一會兒，不知道怎麼描述，乾脆說：「跳過！」

看着電腦上再彈出的成語，普樹摸了摸腦袋，說：「同時使用兩根中間空的東西做事情。」

王格格馬上答道：「雙管齊下。」

「對！」普樹又説，「你是扮成人的妖怪，我拿照妖鏡一照，你就怎麼樣？」

「你才妖怪呢！」王格格嗔怒地説了一句，又馬上喊道：「原形畢露！」

兩人猜四個成語用了一分二十秒。王格格感到不滿意，她瞪着普樹：「都怪你！笨死了！」

朱莉忍不住笑了起來：「相信你們日常生活中一定是好朋友，我沒猜錯吧？」

普樹挺了挺胸説：「不是好朋友，是女朋友。」

王格格皺着鼻子：「哼，誰是你女朋友！」

現場的人都笑了起來，真是個野蠻女友啊！

「哈哈哈，小女孩真有性格！普樹回去好好哄哄。」朱莉又問現場嘉賓：「幾位有什麼話要跟這對小情侶說的？」

王一川說：「普樹為雙管齊下釋詞的時候，其實可以更簡單的。『管』，其實就是指筆。這個成語原來就是指手握兩枝筆同時作畫，用來比喻做一件事兩個方面同時進行或兩種方法同時使用。所以如果說是『手握兩枝筆同時作畫』就很清楚了。而不用迂迴地說是『兩根中間空的東西』。不過女孩子也很聰明，馬上就猜對了。」

普樹不好意思地撓着頭，說：「對對對，當時太緊張，腦子不清晰。忘了『管』在這裏就指筆。」

羅倫說：「剛才到的成語『黔驢技窮』，出自唐代柳宗元的《三戒·黔之驢》，故事挺有趣的。黔，即是現在的貴州，貴州本來沒有驢，後來有人買來一隻驢，把牠養在山腳下。有隻老虎看到驢很高大，有點害怕，便躲在樹林裏偷偷看着，不敢上前去。一天過去了，老虎沒有看出驢子有什麼特別不凡的地方。第二天，老虎躡手躡腳地走出樹林，想到驢子跟前摸摸底細。還沒有走上幾步，猛聽見驢子一聲大吼，嚇得老虎轉身就逃。跑了一會兒，老虎發現後面沒有動靜，又小心翼翼地踱了回來。慢慢地，老虎習慣了

驢子的叫聲，又壯着膽子向驢子靠近。牠先用腳爪去挑逗，又用身子去碰撞。驢子惱羞成怒，抬起後蹄向老虎踢去。老虎偏偏身子就躲過去了。老虎心裏不禁一陣高興，知道驢原來就這麼點兒本事，於是大吼一聲，猛撲過去，把驢子吃掉了。後來故事就產生了一個成語，用來比喻有限的一點本領也已經用完了。」

「每個成語都基本上有一個故事，讀成語，看故事，懂道理，學習中國成語，讓人獲益不淺。」朱莉接着說：「好了，比賽繼續，請徐昆林悠悠組開始猜成語。」

林悠悠看了看打出的成語，抬頭看着徐昆：「早上一個樣，晚上是另一個樣。用來形容反復無常的人。」

徐昆說：「朝秦暮楚？」

林悠悠說：「不是，有數字。」

徐昆一聽明白了：「朝三暮四！」

林悠悠臉露笑容：「對！下一個，事情發生得很突然，來不及防備。」

徐昆說：「猝不及防。」

徐昆是答對了，不過同時也出現了「叮」一聲的犯規提醒，林悠悠說了其中的「及」字和「防」字。即徐昆答中也沒用。

「哎！」林悠悠惱火地打了自己一下。

徐昆説：「沒關係，下一個。」

林悠悠繼續描述下一個成語：「傷害、凌辱得很過分，不能容忍。」

徐昆想了想：「欺人太甚！」

林悠悠説：「對！下一個，很想快點，但結果反而無法做到。」

徐昆答：「揠苗助長！」

林悠悠説：「很想快點。快，是代表什麼？」

徐昆眼睛一亮：「速度！欲速不達。」

朱莉看了看時間，説：「用時五十一秒，這一局徐昆林悠悠組合勝。」普樹很洩氣，王格格嘴巴撅得快可以掛個瓶子了。

勞思教授説：「欲速不達出自孔子的《論語·子路》：『無欲速，無見小利。欲速則不達，見小利則大事不成。』一川知道這個成語故事嗎？」

王一川點點頭，説：「從前有個農夫挑一擔橘子進城，天快黑了，他怕趕不及在城門關閉前到達，心裏十分着急，就加快腳步，不料一不小心摔了一跤。橘子掉了一地，農夫只好去撿，費了很多時間，結果趕到城門時，大門已經關上，不能進了。欲速不達的意思是，想求快速，反而不能達到目的。」

朱莉微偏着腦袋，很專心地聽着王一川講故事，邊聽邊點頭，王一川講完了，她點點頭説：「謝謝一

川給我們講成語故事。好，下面比賽繼續。」

第二局王格格和普樹表現很好，用了五十四秒猜中四個詞，而徐昆和林悠悠卻用了一分零九秒，結果王格格普樹這局得了一分。

第三局。王格格略為緊張，猜其中的成語「欺世盜名」花了不少時間，用了一分四十秒才猜中四個詞。這就給徐昆林悠悠的勝利提供了條件，結果他們以二比一戰勝了普樹王格格組。

下台時，王格格跟在普樹後面，用指頭朝他後背「我戳我戳我戳戳戳」，直讓人擔心她會把普樹身上戳出個窟窿。

第十章

殘酷的淘汰賽

形勢大好，烏莎努爾隊只需把陀羅隊最後一組人淘汰掉，那他們隊就在這一場比賽中全體安全，坐下來看其他兩隊進行殘酷的淘汰賽了。

陀羅隊最後一組——鮑瑜和劉易組合上台。

這是一場激烈的對決，徐昆和林悠悠是烏莎努爾成語大賽的冠、亞軍，而鮑瑜和劉易是陀羅國成語大賽的冠亞軍。身材修長的鮑瑜穿一身合體的黑色西裝，眼神銳利，一副志在必得的樣子。她身邊的劉易本來也是氣宇軒昂的一名年輕人，但跟她一比，竟然落了下風。

林悠悠被鮑瑜的氣勢嚇到了：「徐哥哥，這位隊長好像很厲害呢！」

徐昆瞅了鮑瑜一眼，說：「她跟你一樣，也只是兩隻眼睛一個嘴巴，有什麼可怕的！」

林悠悠噗嗤一聲笑了，緊張倒是被沖淡了一點。

鮑瑜、劉易先手。比賽開始。劉易低頭看了看電腦，然後抬頭看着鮑瑜：「形容像你這樣的。」

鮑瑜挑挑眉毛：「女中豪傑？巾幗英雄？」

劉易説：「不是。」

鮑瑜又猜：「颯爽英姿，女中丈夫。」

劉易擺手：「不是啦，女性化一點的。」

鮑瑜皺着眉頭：「婀娜多姿，千嬌百媚。」

劉易説：「千嬌百媚對。」

鮑瑜惱火地看了劉易一眼：「你哪隻眼睛看到我千嬌百媚了？！」

劉易撓撓頭：「對不起！下一個，好像在哭，又好像在説話，聲音很悲切。」

鮑瑜説：「如泣如訴。」

劉易很高興：「對！下一個，比喻人已經無路可走了，陷入絕境。」

鮑瑜很快答道：「山窮水盡！」

劉易説：「對。下一個，泛指時光流逝的一個成語。」

鮑瑜想了一想：「光陰似箭。」

劉易搖頭：「意思差不多。指一個季節過去了，一個季節到了。」

鮑瑜説：「暑來寒往。」

劉易笑容滿臉：「對！」

朱莉宣布，鮑瑜和劉易組合用了五十四秒，成績不錯。

勞思教授笑着説：「剛才猜千嬌百媚的時候，劉易不應該對鮑瑜説『形容像你這樣的』，這樣結果把鮑瑜誤導了。因為她從外到里都是個很強的女孩，絕不會把自己往千嬌百媚上想。」

劉易摸摸腦袋，尷尬地説：「當時一下急了，想着是形容女子的……」

鮑瑜瞪了劉易一眼，嚇得劉易不敢再説下去。

輪到徐昆和林悠悠。徐昆描述，林悠悠猜詞。

徐昆看了看平板電腦，抬頭看着林悠悠，苦着臉，皺着眉頭，不説話。

林悠悠急了：「快描述呀！你怎麼愁眉苦臉的，這個成語很難嗎？」

徐昆指着林悠悠，大聲説：「對對對，就是你剛才説的那個四字詞！」

林悠悠眼睛睜得大大的：「啊，剛才我説什麼了？噢，愁眉苦臉，是愁眉苦臉嗎？」

徐昆笑得「見牙不見眼」地説：「對！」

輕易猜中一題，林悠悠開心得「嘻嘻」地笑着。

徐昆看了剛打出的成語，説：「第一個字是一隻會吱吱叫的小動物。成語的內容是這隻小動物的眼睛只看到短距離的東西，沒有遠見。」

林悠悠喊道：「老鼠！鼠目寸光！」

「耶，太棒了！」徐昆興奮地喊了一聲，繼續描

述下一個詞，「形容天上有耀眼的光在一閃一閃的，接着還有很嚇人的聲響。一種天氣現象。」

「震耳欲聾！」

「除了響聲還有耀眼的光。」

「風馳電掣？」

「不是。」

「電閃雷鳴？」

「對！」

徐昆繼續看電腦，見到下一個成語是「虛張聲勢」，不禁撓撓頭，這詞還真有點難描述，便手一揮，說：「跳過！」

徐昆看着接下來要猜的成語，說：「身體裏面長着一節一節的植物。」

林悠悠愣了愣，突然想到了，大聲說：「胸有成竹！」徐昆「耶」地喊了一聲。

朱莉笑着說：「四個成語，用了五十三秒時間，成績不錯。恭喜兩位先得一分。」

勞思笑着朝徐昆豎起大拇指：「做個樣子就能讓人想到一個成語，厲害！」

徐昆挑挑眉毛，一副得意的樣子。

比賽繼續。鮑瑜和劉易角色對換，鮑瑜描述，劉易猜。這局他們配合得很好，以五十一秒猜了四個詞，而徐昆和林悠悠就用了一分九秒，輸了一局。

這局緊張了，如果徐昆林悠悠組勝，烏莎努爾隊就馬上贏了，如果是鮑瑜劉易組勝，就要再跟烏莎努爾隊的第三組黃非鴻和陳曉作終極對決。

　　劉易看了看電腦，說：「一種天氣現象呼呼地吹得人都要倒了，還有嘩啦啦的水從天上落下。」

　　鮑瑜說：「暴風驟雨、狂風暴雨！」

　　劉易說：「狂風暴雨對！下一個，一隻兇猛的動物，額頭上寫着王字的，跑到了咩咩叫的動物羣裏。」

　　鮑瑜說：「虎入羊羣！」

　　劉易說：「對！下一個。形容一隻船在大海上，趁着『呼呼吹』的東西，劈開海水，很快地前進。形容人志向遠大，奮力前進。」

　　鮑瑜說：「『呼呼吹』的是風吧，趁着風，劈開浪，乘風破浪！」

　　劉易興奮地說：「乘風破浪對。下一個，表面對人很和氣，實則是陰險毒辣的害人精。」

　　鮑瑜喊道：「笑裏藏刀！」

　　一分三秒。

　　接下來徐昆林悠悠組比賽。

　　徐昆看着林悠悠說：「向額頭上有王字的動物，索取裹着這動物的外包裝。」

　　林悠悠想了一想：「與虎謀皮！」

86

徐昆説：「對！一塊硬硬的東西，打到了兩隻飛禽。」

林悠悠回答：「一石二鳥！」

徐昆很開心：「對！下一個，避開禍害而朝向好的方向。」

林悠悠眼裏一片茫然：「好的方向？幸運？福氣？什麼呀？」

「這⋯⋯」徐昆不知怎麼再描述，乾脆揮揮手，「跳過！下一個，有人對你不好，你也對他不好。」

林悠悠説：「以牙還牙！」

徐昆搖頭：「程度更深的。」

林悠悠説：「報仇雪恨？」

「對！」徐昆看看下一個詞是危在旦夕，便説，「下一個，最後兩個字是指早晨和晚上。這個成語是用來形容危險已經出現眼前。」

「叮」，徐昆犯規，説了「危」字。

徐昆拍了拍自己腦袋，接着看下一個成語——不死之藥，想了想説：「嫦娥吃了什麼就升天了？」

林悠悠：「不死之藥！」

「對！」

用時一分五秒。兩秒之差，徐昆林悠悠組合輸給了鮑瑜劉易組合。徐昆和林悠悠有點沮喪地下了台。

朱莉看了一眼選手席：「緊張的時候到了。現在

烏莎努爾隊的黃非鴻和陳曉，與陀羅隊的鮑瑜和劉易對決。這可是一場生死之戰啊，哪組贏了，所代表的隊伍就全體安全，輸了，就要跟天域隊進行淘汰賽了。兩組選手，加油啊！」

黃非鴻和陳曉站了起來，準備上台，陳曉是個十五歲的高中生，一個安靜的戴眼鏡的小姑娘。小嵐拉拉陳曉的小手，發現她的手冰涼冰涼的，便鼓勵說：「加油，看好你哦！」

曉曉感激地「嗯」了一聲，然後和黃非鴻往舞台走去。

曉晴有點沉不住氣：「沒想到鮑瑜和劉易組合這麼厲害，我怕黃非鴻和曉曉不是他們對手。」

「是呀！」小嵐皺了皺眉頭，「我也沒想到鮑瑜這麼厲害。我以為徐昆和林悠悠能打敗他們的。」

曉星突然想起了什麼，懊惱地說：「嘿，這回我們輕敵了！小嵐姐姐，一直沒機會跟你說，原來莫邪是鮑瑜的表妹，莫邪為了讓陀羅隊打敗我們，給了他們五百萬的培訓經費，請來了各方面的專家，用了整整兩個月的時間訓練隊員……」

曉星把打聽到的消息告訴了小嵐。小嵐回想起鮑瑜的敵視態度，若有所思：「原來是這樣。」

第十一章

緊張的車輪戰

　　第一場比賽的決勝局開始，鮑瑜劉易先手。

　　劉易釋詞，鮑瑜猜詞。劉易看了看電腦，說：「捂着聽聲音的器官，去拿別人的東西。」

　　鮑瑜脫口而出：「掩耳盜鈴。」

　　劉易興奮地說：「對！下一個。本來是朋友，現在鬧了矛盾，情況越來越惡劣，變為敵人。」

　　鮑瑜說：「反面無情，恩斷義絕！」

　　劉易搖頭：「不是，更嚴重些。」

　　鮑瑜說：「反目成仇！」

　　「對！」劉易繼續描述：「下一個，在戰場上，兵強馬壯的一方，把對方殺得……」

　　鮑瑜說：「片甲不留！」

　　「對！」劉易看着電腦上的成語「想入非非」，想了想說：「下面這個成語指一個人胡思亂想，不切實際。」

　　「叮！」犯規的提示聲響了，劉易犯規，說了成語中的「想」字。

劉易定了定神，繼續描述下一個成語：「不好的事情在上面掉下來。」

鮑瑜很快說：「禍從天降！」

「對！」劉易鬆了口氣。

他們這一局用了一分零一秒時間，答對四個成語。輪到黃非鴻和陳曉了。

陳曉開始描述成語意思：「不合情理的言語。」

黃非鴻馬上答道：「胡說八道，胡言亂語。」

陳曉搖頭：「不是。第一個字是……有一本書叫『拍案驚』什麼？」

黃非鴻說：「《拍案驚奇》，奇，奇談怪論！」

陳曉說：「對！形容天黑的時候，每座房子都很光亮。」

黃非鴻又想到了一個：「燈火輝煌。」

陳曉說：「很多很多的人家。」

黃非鴻眨眨眼睛：「萬家燈火！」

黃非鴻答對了，但他們卻被「叮」了，因為陳曉說了成語裏的「家」字。犯規一次。

陳曉繼續描述：「你跟我沒有緣故地爭吵，故意搗亂。」

黃非鴻答：「無理取鬧。」

陳曉說：「對！你的目光非常的敏銳，任何細小的事物都看得很清楚。」

90

黃非鴻答道：「明察秋毫！」

「對！」陳曉很興奮，看了看下一個成語「明知故犯」，説：「下一個，已經知道這事不可以做，卻還故意去做。」

叮！犯規提示音響了，陳曉不小心説了「故」字。朱莉惋惜地説：「兩次犯規，你們這局沒分。」

「啊？」陳曉有點錯愕，還不知道自己説錯了什麼。

朱莉提醒她：「你説了成語明知故犯中的『故』字了。」

陳曉頓時呆住了：「天哪！黃非鴻，對不起！」

黃非鴻忙説：「不要緊，還有機會呢！」

也許是出師不利，讓陳曉這個小女孩亂了陣腳，接下來的表現大失水準，結果，讓鮑瑜劉易隊先得兩分，勝了這一輪。

朱莉惋惜地看着淚流滿面的陳曉，宣布道：「今天的車輪戰，勝出的是陀羅隊。讓我們以熱烈的掌聲祝賀陀羅隊。」

場上的烏莎努爾觀眾雖然很替自己的隊伍可惜，但仍然用掌聲祝賀勝隊陀羅隊。

黃非鴻和陳曉都十分沮喪，因為自己組的失誤，輸掉了車輪戰。

黃非鴻和陳曉垂頭喪氣地回到選手席，他們都覺

得挺對不住隊友。沒想到隊友們都沒怪他們，小嵐還給陳曉擦眼淚，安慰她：「沒關係，比賽還沒有結束呢，我們爭取淘汰賽的勝利就是。」

徐昆也在鼓勵：「小嵐公主說得對，我們還有機會。」

曉星就信心滿滿地說：「加油，最後勝利會屬於我們的。」

「努力！」

「加油！」

士氣一下又回到烏莎努爾隊員身上。大家都憋着一口氣，蓄勢待發，準備奪取勝利。

接下來是殘酷的淘汰賽。烏莎努爾隊和天域隊，每隊剩下的三組人，兩兩對決，得分多的一隊安全。

經過一番角逐，烏莎努爾隊淘汰了天域隊，成功進入下一輪比賽。天域隊則淘汰出局。

看着天域隊隊員沮喪的樣子，主持人朱莉說：「天域隊的隊員不要洩氣，你們還有一次復活的機會。在後天開始的第二場比賽中，三個隊都可以參加，如果天域隊能拿到最高分，就可以淘汰掉最低分的組，晉級總決賽。」

「太好了！」天域隊的座位區域一下子炸開了，他們拼命地鼓掌，為有機會反敗為勝而興奮萬分。

朱莉看着天域隊隊長畢爾，笑着問道：「能用成

語形容一下你們現在的心情嗎？」

「出人意外！」隊長畢爾首先蹦出了一句。

其他人也都隨口說出：

「絕處逢生！」

「喜出望外！」

「喜從天降！」

「驚喜若狂！」

見到隊員們還要繼續說下去，朱莉趕緊叫停，因為要掌握好節目時間呢：「好好好，中國成語真是豐富啊，如果讓你們一直說下去的話，可能說到太陽下山都未必說得完。」

「哈哈哈……」天域隊員開心地笑了起來。

「第二輪比賽我們的賽場會設在小王莊，請各隊各派三組隊員參加。具體做法我們編導還在完善之中，暫時保密。因為要在小王莊呆兩天，所以大家記得帶洗換衣服和洗漱用具。」朱莉說到這裏，臉上帶了一絲促狹的笑容，「第二輪比賽很有趣，請大家拭目以待。」

比賽結束後，小嵐讓隊員留下，在小會議室開了個小會，檢討一下第一輪比賽的情況。

林悠悠有點不開心：「我每逢遇到不好解釋的成語就會緊張，容易犯規。」

小嵐說：「以後如果遇到實在不好解釋的，就跳

過一次。」

徐昆撓撓頭：「鮑瑜組合很厲害，我們在第二場比賽中要小心。」

「對！」小嵐說，「明天還有一天時間可以備戰，大家要抓緊時間再練習。我們現在可以討論一下，想辦法，找竅門，看怎樣再縮短猜詞時間。」

「噢，我有個小心得……」

大家七嘴八舌地發言，找出不足的地方，商量解決辦法，半小時的短會，也帶來不少收穫。

「大家也累了，回家好好休息。這兩天大家放鬆心情，盡量休息好，養精蓄銳為下一場比賽作準備。」小嵐看看手錶，接着說，「解散之前，我來宣布第二場比賽的三組隊員名單——分別是我和曉星組合，徐昆和林悠悠組合，黃非鴻和林棣棣組合。」

第十二章

貨車、自行車和十一號車

很快就到了第二輪比賽的日子，這天一早，小嵐接到了黃非鴻的電話，原來這傢伙病了，快四十度的高燒，不能來參加第二輪的比賽。

花美男真夠弱的。

小嵐叫黃非鴻好好休息，收線後想了想就給曉晴打了個電話，讓她補黃非鴻的位。

通過一段時間的惡補，曉晴的成語能力大有進展，在隊員中也算是中上水平了。

「啊，讓我代替黃非鴻參加第二輪比賽？！噢，太好了！」小嵐給晴曉打電話時，耳朵快被這傢伙的高八度高音震聾了。

曉晴本來就是準備以工作人員身份跟小嵐一起去小王莊的，所以也不用再收拾，拿起準備好的背囊就和曉星出門，跟小嵐在約好的地方會合了。

三個人來到電視台大門口的集合點，見到另外三名隊員徐昆、林悠悠和林棣棣已經等在那裏了。

大家都知道曉晴的工作人員身份，所以對她的出

96

現也不覺得奇怪。徐昆沒見到黃非鴻，便說：「黃非鴻這傢伙怎麼還沒來，我打個電話給他，看他在哪裏。」

小嵐擺擺手說：「不用打了。他病了不能來。」

「啊！嚴重不？」徐昆嚇了一跳。

曉星代小嵐回答說：「非鴻哥哥扁桃腺發炎，發高燒，快四十度呢！」

「啊，那我這組不是少了一個人嗎？誰替他出賽？」林棟棟擔心地問。

曉晴指指自己，說：「一個大活人在呢，沒看見嗎？」

林棟棟馬上誇張地喊道：「哇，是曉晴漂亮姐姐呀，歡迎你啊！那我就如虎添翼了。」

虛榮心大受滿足的曉晴胸脯一挺：「那肯定。美女出馬，一個頂兩個！」

曉星用手捂着半邊嘴，小聲說：「臭美！」

曉晴一記手刀劈到曉星脖子上：「你說什麼？」

曉星嚇得趕緊跑到小嵐後面：「小嵐姐姐救我！」

正在打鬧，天域隊的三組選手來了，他們是隊長畢爾和梵娜組合，王格格和普樹組合，米格和寧朗組合。接着陀羅隊也到了，六名隊員分別是隊長鮑瑜和劉易組合，麥克和高斯組合，霍婷和雷曼組合。

選手剛到齊，就見到一部豪華大巴士開來了。車門打開，走下來穿着T恤牛仔褲的主持人朱莉，後面還跟着一個高大帥氣的大哥哥。

朱莉拍拍手，對大家說：「嘿嘿嘿，給大家介紹一下這位大帥哥！他就是我們這次成語賽的編導，以前因為怕節目設計得太難被人打，所以一直躲在幕後，這次戶外做節目，我把他拉來幫忙了。希望你們不要打他哦！」

大家聽了哈哈大笑起來。編導哥哥尷尬地笑着。

朱莉又揚起嗓子，喊道：「嘿，大家可以上車了！」

「嘿，上車了！」曉星拉着林棣棣的手，兩人大呼小叫地搶先上車。

這裏就數他們兩人最興奮，就像小學生去秋季大旅行那般開心。

旅遊巴士十分寬敞，十八名選手加上朱莉、編導哥哥，還剩了很多位子，所以隊員們基本上可以一個人坐一個雙人座。只有曉星和林棣棣還黏在一起，兩人擠一張椅興致勃勃地指着窗外説着什麼：「哇，曉星哥哥，後面有部車老是跟着我們呢！不會是壞人吧？壞人想綁架我們？」

「笨！沒看到車身的字嗎？這是電視台的車，車裏是攝影大哥，他們是負責拍攝這場比賽的。」

車子在路上行駛大約半個小時後，坐在最前面的朱莉站了起來：「大家靜靜，下面跟大家講這次比賽的有關事情……」

「嘻嘻……哈哈……」車廂裏發出笑聲，原來是曉星和林棣棣兩個小傢伙。

朱莉瞪了他們倆一眼：「笑什麼？」

林棣棣說：「曉星哥哥說，你好像旅行社導遊呢！嘻嘻嘻……」

「噢，真是有點像哦！」朱莉哈哈一笑，「好咧，現在開始說正經的，讓本導遊說一下接下來去那些景點……」

「哈哈哈……」朱莉的話惹得車廂裏一陣大笑。

朱莉清了清嗓子，說：「OK，咱們下面真的要說正經的囉。這一輪比賽，我們會採取生動有趣的遊戲形式，在遊戲中比賽，在比賽中遊戲。這兩天裏，比賽的得分不但會影響賽果，而且還直接和待遇掛鈎，想住得舒服、吃得開心，就請各位努力了。」

這時候，車子速度慢了下來，又停住了，朱莉說：「好了，大家可以下車了。」

「噢，到了到了！」林棣棣歡呼着，拉着曉星搶先跑到車門口，等車門一開，就跑下了車。

停車的地方，是一個清澈碧綠的湖邊，湖邊有一片大草坪。草坪足有一個足球場大，綠茵茵的草就像

一塊巨大的地氈，踩上去舒服極了。

「我們就在這錄節目嗎？這地方不錯哦！」

「節目組很會挑地方。」

隊員們都東張西望的，七嘴八舌議論着。

這時候朱莉説了一句大煞風景的話：「以為這就是目的地嗎？錯！」

「啊，不是目的地？那我們的目的地在哪裏？」

「不是目的地，那為什麼旅遊巴士開走了呢？」

「還準備去哪裏？」

朱莉説：「問題少男、問題少女們，請大家按隊伍坐好，然後請我們的編導哥哥回答你們問題。」

很快的，三支隊伍就整整齊齊地坐好了。

由右手邊開始，烏莎努爾隊、陀羅隊、天域隊。大家都眼巴巴地看着站在隊伍前面的編導哥哥，等他開口説話。

編導哥哥看上去挺和善的，他笑瞇瞇地説：「我們的目的地是小王莊，離這裏還有九公里。」

選手一聽便嚷開了。

「既然還沒到，那旅遊巴士幹嘛離開了呀？」

「是呀，好奇怪哦！」

編導哥哥説：「因為，接下來的九公里，我們會轉換其他三種交通工具。」

「哇，會轉換交通工具，還三種那麼多。真

100

棒！」林棣棣的腦袋很富想像力，他說：「是轉直升機嗎？還是轉坐氣墊船？太棒了，那我一天之內就可以實現三個願望了，坐車，坐飛機，坐船！」

天域隊的王格格問：「編導哥哥，究竟是哪三種交通工具？」

編導哥哥回答說：「是貨車、自行車、十一號車。」

「啊！」一片失望的怪叫。

「為什麼不是飛機和船？」

「可以這三樣都不選嗎？」

「三樣都不選也可以啊，不過，有九公里的路程哦！不選這三樣就只能像小狗一樣四腳爬爬去囉。呵呵呵！」編導哥哥笑得好陰險啊，原來他之前的和善是假的哦。

選手們憋屈得不要不要的。

編導哥哥繼續陰險地笑着：「這三樣交通工具也不是任人隨便挑的，可以使用哪種，就看你們接下來在比賽中的表現了。好，下面的事情交給我們主持人。」

朱莉代替編導哥哥站到隊伍前，她說：「我們的編導哥哥是不是很和善很通情達理呢？」

得到很一致的回答：「不是！」

「你們現在最想做的事是什麼呀？」

林棣棣搶着喊道：「把編導哥哥扔湖裏！」

朱莉幸災樂禍地對編導哥哥說：「看來你之前躲在幕後是非常明智啊！否則肯定活不到今天。好，之後你要好好保重了。」

朱莉揶揄了編導哥哥，繼續說：「下面，我們就開始第一輪比賽。請每隊各派出一組選手，猜兩個成語，時間最短的可以拿到一分，並且有優先權選交通工具；時間第二短的拿到零點五分，並且有第二選交通工具的權利；時間最長的沒有分，而且只能使用挑剩的交通工具。大家明白了嗎？」

「明白！」

「好。烏莎努爾隊先猜，誰先來？」朱莉問小嵐。

小嵐說：「徐昆和林悠悠吧！」

朱莉點點頭，說：「好，請徐昆、林悠悠出賽。」徐昆和林悠悠應聲而出，面對面站到眾人面前。林悠悠解釋，徐昆猜詞。

工作人員站在林悠悠的後面，舉起一個牌子，徐昆看了牌子上的字一眼，說：「指雙方仇恨極深，沒有同時存在的可能。」

林悠悠轉轉眼睛：「不共戴天，誓不兩立。」

徐昆說：「第二個對。下一個，打仗時，雙方人馬都被打得很慘，誰也沒得到好處。」

林悠悠回答：「兩敗俱傷。」

「二十四秒，不錯。」朱莉滿意地點頭，「下面是天域隊。你們派誰應戰？」

畢爾站起來，說：「我和梵娜。」

畢爾描述，梵娜猜詞。畢爾說：「指一個醫生醫術高明，令病人很快痊癒。」

梵娜想了想，說：「起死回生。」

畢爾說：「差不多，最後一字是季節。」

梵娜眼睛一亮：「妙手回春！」

畢爾大聲說：「對！」

畢爾接着看了看腦上的成語，說：「貶義詞。公開的、肆無忌憚地幹壞事。」

梵娜答道：「明目張膽。」

「二十五秒，噢，一秒之差，可惜了！」朱莉說，「下面是陀羅隊。你們派誰？」

鮑瑜站起來說：「麥克，高斯。」

比賽開始。

麥克描述：「有人傳謠言，鬧得……」

高斯回答：「滿城風雨！」

「對！」麥克接着釋義，「隨着一根細長細長的植物，去找它的圓圓的果實。」

高斯皺着眉頭：「什麼東西？」

麥克着急地說：「葡萄那根長長很有韌勁的枝叫

什麼？」

高斯想了想：「藤？」

麥克喊道：「對！隨着這根東西去找籃球狀的綠色水果。」

高斯恍然大悟：「順藤摸瓜！」

「天哪，好驚險！二十四秒，二十五秒，二十六秒，每隊都是一秒之差。」朱莉拍拍胸口，又說：「其實這一輪比賽大家表現都不錯，猜得很快。不過比賽場上總要分出勝負，不好意思了，陀羅隊，你們用了二十六秒，時間最長，這輪沒分。烏莎努爾隊得一分，天域隊得零點五分。」

「噢噢噢，我們這次不是最差的一隊了！」天域隊最興奮，開門大吉，第一輪比賽得了第二，終於打破了墊底的霉運了！

烏莎努爾隊也很開心，不但先拔頭籌，還可以首先選擇交通工具。

只有陀羅隊隊員們一臉的不甘和迷惘，怎麼一下子就從昨天的頭名變成現在末位呢！

朱莉對小嵐說：「按照遊戲規則，烏莎努爾隊，你們可以首先挑交通工具。」

林棣棣跳起來：「當然是挑十一號車。坐巴士，我們坐巴士！」

「住嘴！」林悠悠急得用手去捂林棣棣嘴巴。

「嘿嘿嘿，坐下！」小嵐叫林棣棣坐下，她對朱莉説：「我們要自行車。」

「公主姐姐，為什麼不選十一號車？有巴士坐多好，又舒服又快！」林棣棣很不理解。

「小呆瓜，十一號車不是巴士。」林悠悠拉了林棣棣一把，説：「你站着時，兩條腿像什麼？」

林棣棣眨眨眼睛：「像並排着的兩個阿拉伯數字1呀。啊，11，難道11號車就是用兩條腿走路！」

林悠悠白了他一眼：「就是！」

林棣棣恍然大悟：「啊啊啊，節目組騙小孩，差點上當了！」

這邊林棣棣明白了，那邊曉晴又不明白了，她拉了小嵐一下，説：「小嵐幹嘛不要貨車，雖然沒有巴士舒服，但到底也是不用費勁可以輕鬆到達呀！騎自行車，累死了。」

小嵐搖搖頭：「不就騎半個小時的車嘛，也沒比我們平時做運動累多少。」

曉晴嘟囔了幾句，沒再吭聲了。

朱莉説：「好，烏沙努爾隊選自行車，天域隊呢？」

畢爾説：「我們選貨車。」

朱莉説：「好，那對不起，陀羅隊，你們只能選十一號車了。」

儿公里的路程，走路要差不多兩個小時呢！陀羅隊員們嘴上不說，但心裏早把編導哥哥罵死了。鮑瑜更是臉黑黑的一副「你們欺負人」的憋屈樣。偏偏曉星和林棣棣這兩個幼稚鬼不甘寂寞，不住地朝他們吐舌頭瞪眼睛扮鬼臉，把他們氣得不要不要的。

　　心理不平衡啊，陀羅隊員們眼睛到處瞅，想找那個罪魁禍首。

　　「編導哥哥快出來，我們保證不打你！」

　　編導哥哥躲在一棵大樹後，心想，哼，傻子才出去呢！

　　鮑瑜這時騰地站了起來：「走路就走路，哼，當運動好了。陀羅隊，出發！」

　　工作人員推來了五部自行車。林棣棣太小不放心讓他騎，所以就讓他坐徐昆的車後座，由徐昆帶他上路了。小傢伙還不願意呢，一路都嘟着嘴不開心。

　　這天天氣很好，陽光燦爛，陣陣涼風吹拂挺舒服的。小嵐他們一共五部自行車，飛駛在通往鄉間的柏油路上，十分開心愜意。連一向怕辛苦的曉晴也不覺得累，把車子蹬得一陣風似的。

　　喜歡唱歌的林悠悠邊蹬着自行車，邊放聲唱起歌來：「今天天氣好晴朗，處處好風光好風光……」

　　其他人也會唱這首電視劇《還珠格格》裏的插曲，就一齊唱了起來。

鋪滿陽光的大道上，踩着自行車的意氣風發的少年，激情嘹亮的歌聲，坐着敞篷車在後面跟拍的拍攝大哥，不失時機地拍下了眼前這幅洋溢着青春氣息的美麗畫面。

　　忽然見到前面一行六人匆匆行走的隊伍，是比他們早了十多分鐘出發的陀羅隊隊員呢！

　　「陀羅隊，加油啊！」

　　「陀羅隊，小王莊見！」

　　鮑瑜挑了挑嘴角，沒作聲。

其他隊員就嚷嚷着：「小王莊見！」

正在這時，一輛大貨車慢慢駛過，咦，是天域隊坐的車！

怎麼聽到車廂裏有「哼哼嗯嗯」的古怪聲音，還隨風飄來一陣難聞的味道。哇塞，原來車上放了很多籠子，籠子裏面……

籠子裏面竟然關着一隻隻肥頭大耳的大胖豬！

再看看車上的天域隊六個隊員，一個個捂着鼻子、皺着眉頭、哭喪着臉。

「哈哈哈！」鮑瑜首先幸災樂禍地笑了起來。

「哈哈哈哈……」其他陀羅隊的人笑得更誇張。

這班要強的傢伙，一直為自己輸了剛才的第一輪比賽，要走路去目的地而懊惱萬分。現在見到贏了他們的天域隊如此狼狽，心裏太痛快了。

其他人見到天域隊員和豬在一起的狼狽樣子，也都忍不住笑了起來。林棣棣笑到用腦袋去撞前面踩車的徐昆，弄到自行車一歪，差點栽到路旁的果園裏。

曉晴和小嵐並排騎着車，她說：「小嵐，幸好你有先見之明啊！要不和豬在一起的就是我們了。」

小嵐聳聳肩，其實她也並不知道貨車運的是豬。只是覺得與其坐貨車不如騎自行車，路上可以欣賞鄉村風光可以曬太陽可以鍛煉身體，一舉三得。沒想到卻避免了和豬一起上路的尷尬。

第十三章

失敗者要餓肚子？

　　小嵐的隊伍騎着自行車，半小時不到便到了小王莊。

　　「哇，好漂亮啊！」跳下自行車，大家都忍不住大喊起來。

　　只見近看河水清清，楊柳依依，遠看一片片黃色的油菜花田，陽光照耀下就像金色的海洋。

　　大家都很開心，平時生活在大城市，哪見過這麼美麗的大自然風景啊！小伙伴們都紛紛拿出手機，這拍拍，那拍拍，拍完了又忙着發朋友圈。

　　小嵐也拍了不少照片，正在與曉晴分享，忽然聽到有人喊：「小嵐，小嵐！」

　　小嵐一看，原來是朱莉。朱莉一開始也叫小嵐公主殿下，只是小嵐一再說在節目中不用這樣正式，朱莉這才改了口。

　　朱莉站在一個大操場的邊上，在她十幾米遠的地方，是幾台架好的攝像機，五六名攝影大哥及助手在忙碌着。編導哥哥坐在一邊一臉無害地笑着，不過大

家都知道他一定在想着什麼玩弄選手的壞主意。

朱莉笑着朝小嵐招手：「小嵐，快來呀！」

「來了！」小嵐應了一聲，便喊隊員們過去。

朱莉招呼選手們坐，那裏有十幾張長條石凳。

曉星看看四周：「怎麼不見畢爾哥哥的隊伍？他們不是應該最早到的嗎？」

朱莉指指對面：「喏，在那！他們已經洗了好一會，都快把皮擦掉了。」

只見不遠處的小河邊，有人在洗手，有人在擦臉，有人在洗腳，分明是天域隊那六個倒霉蛋。

徐昆一臉的幸災樂禍：「哈哈，編導哥哥也太缺德了，怎麼就找了一輛運豬車來載他們呢！」

朱莉噗嗤一笑：「其實也不怪他哪。電視台附近有一家物流公司，跟我們很熟的。之前工作人員打電話去問他們有沒今天上午去小王莊送貨的貨車，他們說有，工作人員就請他們順路載我們部分選手過去，當時也沒問是裝的什麼貨。真沒想到是運了一車大胖豬！哈哈哈……」

曉星和林棣棣像小猴子一樣在操場上撒歡，曉星對朱莉說：「朱姐姐，有羽毛球拍嗎？我們可以打一場友誼賽，反正陀羅隊現在應該還在半路上磨蹭呢！」

「他們快到了。其實說讓他們走路來也是嚇唬一

110

下他們，那部運豬的貨車御貨之後已經回頭去接他們了。大概十來分鐘後他們就會到了。」朱莉說。

徐昆樂了：「哇，那陀羅隊也榮幸地坐了一回豬車嗎？」

曉星大笑：「哈哈，編導哥哥英明！」

幸災樂禍這事，向來少不了曉星這傢伙。

正說着，聽到一陣汽車的轟鳴聲，見到一部貨車減速向這邊駛來，正是那部運豬車。

貨車停在十幾米遠的地方，砰砰砰從後面車廂跳下一個又一個人來：「臭死了，臭死了！」

「快找地方洗洗！一身的豬糞味！」

「天哪，我鞋底有一坨豬屎！」

一行人發現了小河，都兩眼放光芒跑過去，忙着洗洗涮涮。

「哈哈哈……」本來一肚子不滿的天域隊隊員，開心得不要不要的。有人陪着自己倒霉，太爽了！

過了十幾分鐘，鮑瑜才帶着隊員洗好走過來，十二隻眼睛都死死地盯着編導哥哥，這仇可記下了。

朱莉笑瞇瞇地說：「能用成語形容一下你們一路來的心情嗎？」

「精疲力盡！」

「喜出望外！」

「樂極生悲！」

「臭不可聞!」

「死裏逃生!」

還真是能概括出他們這一路的心路歷程呢!

先是走路走到「筋疲力盡」，接着聽到會有車來接馬上「喜出望外」，誰知「樂極生悲」來了一部運豬車，上車後馬上覺得「臭不可聞」，好不容易到目的地了，下了車讓人有「死裏逃生」的感覺。

朱莉做出一副驚呆了的表情：「哇，原來成語的概括力那麼強。」

大家都嘻嘻哈哈笑起來，之前的沮喪也一掃而光了。

又到編導哥哥宣布遊戲規則了。編導哥哥一站到隊伍前，就打了個顫，哇，好多雙不懷好意的眼睛哦!

不過，人家編導哥哥是很專業敬業的，為了節目的收視，就得下死勁地去折磨這些選手。

「咳咳!」編導哥哥清了清嗓子，「第二輪的比賽，除了可以得到積分外，還決定你們今天中午會不會餓肚子……」

「哇……」選手們全起哄了。

太殘忍了!之前是用勝負來決定交通工具，結果兩支隊伍都被豬的臊味和大小二便氣味薰得臭臭的。

難道又要面臨挨餓的厄運!不要，不要，我們不

要餓肚子！

曉星悄悄問小嵐：「小嵐姐姐，你悄悄告訴我，這些餿主意有你的份兒嗎？」

小嵐打了他一下說：「廢話，我有那麼蠢，自己害自己嗎？」

在選手們的抗議聲中，編導哥哥很和善地笑着，看上去好像會考慮訴求的樣子，可是，當抗議聲一停，他就說：「只有無能者才會餓肚子。我相信你們都不會是無能者。」

再沒有人吱聲了。誰會承認自己無能呀！

編導哥哥得意地掃了大家一眼，繼續說：「今天的午飯要自己解決，但我們會為你們準備好獲取食物的工具，第一名的可以先選擇自己認為最好的工具，第二名可以在剩下的工具裏挑，而沒有分的那一隊，就只能拿別人挑剩的囉……」

選手們看着編導哥哥的眼睛又嗖嗖地噴着冷氣。參加錄製節目竟然要自己去找食材，還要自己煮食，簡直是慘無人道啊！編導哥哥身上癢癢了，討打了。

編導哥哥不由得又打了個寒顫，看來今天晚上睡覺得把門窗都關好才行。

讓編導哥哥當了箭靶子之後，腹黑主持人朱莉笑瞇瞇地把編導哥哥撥到一邊，她說：「下一輪比賽，仍然是每隊各派出一組選手，不過這次是每組猜四個

成語，用時最短的可以拿到一分，用時第二短的拿到零點五分，用時最長的沒有分。大家明白了嗎？」

「明白！」

朱莉説：「好，下面我們就開始第二輪的比賽。這輪是天域隊先手。」

王格格和普樹站了起來，走到主持人身邊。工作人員舉起一個牌子，站在負責猜詞的普樹後面。王格格抬頭看了牌子上的字一眼，説：「第一個字和第三個字是一樣的，是數字裏面的最小的。」

普樹盯着王格格：「一？」

王格格點頭：「對。第二個字和第四個字都是植物。」

普樹馬上説：「一花一草，一草一木！」

王格格説：「一草一木對！下一個形容變化極多，第一和第三字是也是數字……」

叮！

「王格格犯規！要猜的成語是『千變萬化』，你説了變化兩字了。」朱莉插了一句。

「噢！」王格格懊惱的拍了自己嘴巴一下，「下一個，用來比喻對敵人、逃犯等的嚴密包圍。平時我們會説，布下了什麼？」

普樹回答：「天羅地網。」

「對！」王格格看了看牌子上的下一個成語「陰

差陽錯」，有點遲疑地説：「是用來比喻由於偶然的因素，而造成了失誤……」

普樹撓頭、苦苦思索：「由於偶然的因素，而造成了失誤……是什麼呀？跳過吧跳過吧！」

比賽是可以有一次「跳過」的，不扣分。

「好，那就下一個！噢，這個成語是用來形容時間過得極快。我們常用的，耳熟能詳的。」王格格説。

「光陰似箭？」

「對！下一個，氣憤得頭上的毛都豎了起來，頂着帽子。」

普樹脱口而出：「怒髮衝冠。」

朱莉説：「普樹王格格組合，用了一分二十一秒。」

下一個比賽組合是陀羅隊的霍婷和雷曼。

雷曼看了看寫着成語的牌子：「一個四面用圍牆圍起來的，上面沒有蓋子的地方，處處都是天氣回暖的那個季節美麗的風景。」

霍婷想了想：「四面用圍牆起來的，上面沒有蓋子的地方，花園？」

雷曼點點頭：「對，繼續猜！」

霍婷眼睛一亮：「春色滿園！」

「對！」雷曼繼續描述，「大自然裏上面和下面

全是白茫茫一片，很冷很冷。」

霍婷說：「下雪？天寒地凍？」

雷曼說：「近似。」

霍婷說了一串的成語：「白雪皚皚、冰雪嚴寒、冰天雪地、滴水成冰……」

「第三個對！」雷曼緊接着說下一個，「形容人又焦急又憤怒，大發脾氣的樣子，好像天上嚇人的轟隆隆的聲音。」

霍婷說：「雷聲？暴跳如雷！」

雷曼點頭：「對。下面這個成語，可以用來形容現在的比賽。」

霍婷說：「龍爭虎鬥！」

雷曼搖頭：「跟時間有關的。形容充分利用時間。」

霍婷說：「分秒必爭！」

雷曼還是搖頭：「差一點點。你剛才說的最後一個字是第一個字。」

霍婷睜大眼睛：「爭？噢，爭分奪秒！」

雷曼喊道：「對！」

霍婷雷曼組合用時一分零七秒。暫時領先。

接着輪到烏莎努爾隊的曉晴和林棣棣組合。

曉晴看了牌子一眼：「我很厲害，所以在這場比賽中……」

林棣棣大聲説：「大顯身手。」

「對！」曉晴叫道，「攙着年紀大的，拉着年紀小的。」

林棣棣不加思索地回答：「扶老攜幼。」

「對！」曉晴繼續説，「比喻玩弄手段蒙騙人。」

林棣棣説：「欺上瞞下。」

曉晴急了：「不是。扮成天上的那些，又裝成地下的那些，蒙騙人。」

叮，犯規提示音響了。

朱莉説：「曉晴犯規，説了裝神弄鬼的裝字。」

「啊！」曉晴懊惱地撅撅嘴，繼續説，「下一個，盡情地、痛快地把要説的話都説出來。」

林棣棣想了想：「言無不盡。」

曉晴搖頭：「不是。你剛才説的第一個字，是這成語的最後一個字。」

林棣棣：「暢所欲言。」

「對！」曉晴看了下一個成語「目不暇給」，馬上描述：「美好新奇的事物太多，眼睛都來不及看了。」

叮，犯規提示音響了。

曉晴和林棣棣頓時愣在當場，不知道犯規在哪裏。

朱莉說：「曉晴說了『不』字，犯規。這局零分。比賽結果：第一名陀羅隊，得一分；第二名天域隊，得零點五分；第三名烏莎努爾隊，零分。」

第十四章

編導哥哥，我們保證不打你！

在烏莎努爾隊員的一片哀嚎聲中，朱莉聳聳肩，攤攤手，表示愛莫能助：「好了，第一輪已經分出勝負，現在請編導哥哥說說勝利者可以享受什麼福利了。」

編導哥哥又帶着他招牌善良笑容出場了，他笑嘻嘻地指着石凳上的三樣東西，說：「這裏有三個東西。第一個是一份食材，包括兩大袋冷凍餃子和兩斤大白菜，一隻雞，附送一隻煮食小鍋。第二個是一個小網兜，第三個是一個打火機。三個東西，每個隊可以選一個，陀羅隊第一名可以先挑。」

鮑瑜想也不想就把那份食材拿了，大白菜和雞可以熬湯，再放上餃子，美味哦！

天域隊毫不猶豫拿了小網兜，他們剛才在河邊洗刷時，看見水裏有魚，小網兜正好用來抓魚。來一頓「全魚宴」也很棒啊！

剩下烏莎努爾隊看着那個小小的打火機發呆，曉星沮喪地説：「打火機能吃嗎？我決定今天半夜去揍

編導哥哥了，反正肚子餓睡不着，揍他一頓出出氣。怎麼可以想出這麼殘忍的遊戲呢！」

「我也去我也去！」林棣棣一向唯恐天下不亂。

「去你個頭！」小嵐一手拿起打火機，眨眨眼睛，說，「會有人給我們食物的。放心好了。」

大家都半信半疑的，怎麼會有這麼好的事呢！天域隊能不能抓到魚也很難說，到時他們自身難保，更談不上幫別人了。陀羅隊隊長看上去對人一點不友好，肯定不會把自己的食物跟別的隊伍分享的。可是看到小嵐一臉的篤定，他們也不擔心了。

有小嵐在，不會餓肚子的。誰敢讓公主餓肚子呀？公主不會餓肚子，他們也就不會餓肚子，因為公主向來是「有福同享」的。

看到天域隊的隊員拿着網兜去河邊網魚去了，陀羅隊也忙着張羅洗菜洗肉，小嵐說：「我們可不要辜負了這麼好的風景，繼續遊玩、拍照！」

一行六人歡天喜地地玩耍去了，看看風景、抓抓蝴蝶、摘摘野花、拍拍照片，開心得不要不要的。

「喂，你們快來看，這些小逗號似的是什麼呀？好可愛！」林棣棣蹲在小河邊，興奮地看着水裏什麼東西。

曉星跑過去一看：「哇，好多小蝌蚪！」

大家都跑去看，果然看到水裏有十幾條頭大尾小

的灰黑色小不點，在快活地游來游去。果然好像一個個小逗號呢！

「小蝌蚪？不就是青蛙小時候嗎？」徐昆興致勃勃地看着。

他長這麼大，還沒見過活的小蝌蚪呢！以前只是在教科書或者電視裏見過。

林悠悠也沒見過，她蹲在弟弟旁邊，不眨眼地瞧着：「好神奇哦，這樣的小不點，竟然會慢慢長出腳和尾巴，成為青蛙。」

林棣棣很興奮：「不如我們抓幾條回去，看看牠們是怎樣變成青蛙的。」

林悠悠擺手説：「不要不要，看樣子牠們是一家子呢，看玩得多開心呀，別把牠們拆散了。」

林棣棣想想姐姐説得也對，要是別人把自己跟家人拆散，自己肯定會哭死呢！

林悠悠見弟弟這麼乖，便許諾説：「在網上有關於小蝌蚪變青蛙的視頻，回家後我找給你看。」

就這麼逛逛玩玩的，很快過去大半個小時了，看到遠處的村子裏升起了炊煙，應該是家家戶戶都開始做飯了。

小嵐説：「好，我們也得回去做吃的了！」

「好啊！」五個隊員跟在小嵐後面往回走。他們都很好奇，看誰會給他們送吃的來。

路上碰到興高采烈的天域隊隊員，看樣子有收獲哦，一個透明的大塑料袋裏，裝着十幾條半尺長的魚呢！他們一個個身上又是泥又是水的，看來那些魚真是得來不易呢！

回到大操場，見到鮑瑜和她的隊員無精打采地坐着，旁邊是架好了柴的小鍋，小鍋裏是洗好的白菜，還有一隻雞。

曉星跑過去瞅了瞅，發現食材還是生的：「哈，敢情大半個小時你們都在發呆呀！」

鮑瑜氣鼓鼓地説：「沒火，怎麼煮！」

林棣棣説：「真笨，找工作人員要去呀！」

劉易説：「他們早跑光了，一個人都找不着。」

「哈哈哈……」曉星大笑起來，「看來餓肚子的不止我們一隊了！」

天域隊的六個人拿着魚也愣住了，那豈不是連他們都要餓肚子，因他們也要火來烤魚。

王格格好生氣啊，她喊道：「編導哥哥快出來，保證不打你！」

「咦！」突然有人大喊一聲，把大家了一跳。原來是天域隊隊長畢爾。

畢爾兩眼發光看着小嵐：「你你你你你……你們隊不是拿了一個打火機嗎？」

「哄」地一聲，大家都想起來了，沒錯呀，烏莎

努爾隊最後拿了那個沒人選的工具，就是打火機！

小嵐笑嘻嘻地從口袋裏拿了打火機出來，朝大家搖了搖。

鮑瑜和畢爾同時說：「借給我們！」

小嵐笑了笑，說：「借給你們可以，但要用東西來換。」

畢爾說：「可以。等魚烤好了請你們吃。」

鮑瑜想了想，有點不情願地說：「那……那我們請你們吃餃子吧！」

小嵐眨眨眼睛，笑着說：「天域隊有魚，陀羅隊有雞和餃子，我們有火，我建議，咱們互相幫助，合在一起做一頓好吃的。」

「贊成！」小孩兒們都愛湊熱鬧呀，小嵐這建議他們喜歡。

只有鮑瑜不太樂意，她不想跟小嵐他們玩，因為表妹不喜歡他們呀！但見到自己隊員都拿了打火機咋咋呼呼地開始點火熬湯了，也只好由他們去了。

再說悄悄躲了起來的編導哥哥和其他電視台職員，聽到外面一片熱鬧的嚷嚷聲，都鬼鬼祟祟地探頭探腦，卻意外地看到，三隊比賽上鬥得你死我活的選手，如今開開心心地圍在一起做吃的，燒火的燒火，烤魚的烤魚，煲湯的煲湯，對手之間一團和氣、合作愉快……

這場面讓他們看呆了。怎麼跟他們設想的差那麼遠啊！還以為這些被捉弄的小屁孩會呼天搶地啊、以頭撞樹啊、互相埋怨啊，甚至馬上回家找媽媽哭訴，沒想到現在卻是一片和諧，你好我好大家好。

「啊。那不是編導哥哥嗎？」不知是哪個眼尖的說。

「找他算帳去！」

「別走，我們保證不打你！」

編導哥哥嚇得掉頭就走。

第十五章

福娃家

　　選手們熱熱鬧鬧地吃了一頓有魚有雞有餃子的豐盛午飯，稍作休息，又開始了第三輪比賽。

　　主持人朱莉說：「下面，我們請你們最愛的編導哥哥，說說下面環節時間了。」

　　哇，簡直是「仇人相見，分外眼紅」啊！一把把眼刀「嗖嗖嗖」飛了出去。這個故事告訴我們，小屁孩都是記仇的！

　　但是，人家編導哥哥很有專業精神呢，他仍然帶着一貫的和善笑容站到了隊伍前面：「第三輪比賽，是我們今天這場比賽的最後一輪。目前的比分是三個隊各得一分，所以這輪比賽就是決勝負的關鍵一輪了。正如之前我說過的，第二場比賽如果天域隊能拿到最高分，那你們就可以復活留下，把最低分那隊淘汰掉，參加冠軍爭奪賽。但如果天域隊只拿到第二名，那就對不起了，你們可以收拾行李回家睡大覺了。因此，這輪比賽對你們三個隊都很重要，一不小心，你們都會成為收拾行李回家的那一支隊伍。」

「我們都要加油啊！」

「我們隊一要贏！」

「加油加油加油！」

隊員們都在給自己和隊友加油。

編導哥哥繼續說：「今天比賽的輸贏，還會決定了……」

大家一聽就起哄了，編導哥哥陰招又來了，你還有完沒完！

曉星喊道：「是不是又沒飯吃？」

編導哥哥忙搖頭說：「不是。不論輸贏，所有人都會有一頓豐富的晚餐。」

看來編導哥哥還沒那麼壞。

「但是……」編導哥哥說到這裏停了停。

壞了壞了，又來了！

「但是，這最後一輪比賽的結果，決定了我們睡什麼樣的房子。」

林棣棣舉手發問：「會不會有一支隊伍沒有房子住，要露宿街頭？」

編輯哥哥善良得像隻小兔子：「不會啊，怎可以這樣對待你們呢！」

哼哼，不給吃的都做得出來，不給住的很奇怪嗎？

編導哥哥繼續說着：「反正人人有房子住，放心

好了。等會兒比賽完，決定了名次，我再具體給你們講。」

姑且先聽着吧。

朱莉説：「好了，第三輪比賽開始了。這輪比賽仍然是一組決勝負。每隊只派一個組別參賽，這個組的成績就是第三輪賽事的各隊的成績。賽事採取限時計數對抗賽的方式，每隊都有九十秒的時間，在這九十秒時間內完成成語數量多的獲勝，可以有一次跳過和一次犯規的機會。」

好緊張啊！各隊都派了最好的一組選手參賽——

陀羅隊鮑瑜、劉易，烏莎努爾隊小嵐、曉星，天域隊畢爾、梵娜。三位隊長都出戰了。

陀羅隊先手。

朱莉宣布：「計時開始。」

工作人員站在鮑瑜後面，舉起寫着成語的牌子，朱莉按下手裏的秒錶。

劉易看了看要猜的成語，看着鮑瑜説：「如果我們隊拿了冠軍，那可以用一個什麼詞形容？」

鮑瑜説：「眾望所歸。」

劉易高興地説：「對！下一個成語，寫東西或做事情按着事物的規律就能做好。也比喻某種情況自然產生某種結果。」

鮑瑜説：「順理成章。」

劉易説：「對！我看一本很精彩的書，真是看得⋯⋯」

鮑瑜脱口而出：「心情愉快，聚精會神！」

劉易搖頭：「不對，好像吃到好吃的東西。」

鮑瑜答道：「津津有味。」

劉易點頭：「對。下一個，根據你的成績給你一定的獎勵。」

鮑瑜想了一會兒：「論功行賞！」

劉易説：「對。表揚一個人做了很了不起的好事、品行又非常好。」

鮑瑜答道：「歌功頌德。」

劉易很開心：「對。有人做了很多壞事，令到不滿的説法充滿路上。」

鮑瑜隨即答道：「民怨沸騰、民憤極大⋯⋯」

「意思一樣。」劉易又再強調，「不滿的聲音充滿路上。」

叮，規提示音響了。劉易一拍腦袋，意識到一急之下把「怨聲載道」的「聲」字説出來了。

鮑瑜皺着眉頭，催促道：「別浪費時間，下一個。」

劉易趕緊看下一個成語：「事情沒發生就能看清問題，能預測到事物的發展。」

鮑瑜緊皺眉頭想了一會兒，實在想不出來，一揮

手：「跳過！」

劉易説：「額頭上兩條毛毛蟲豎了起來，毛毛蟲下面的兩隻用來看東西的器官睜得大大的。形容發脾氣或發呆的樣子。」

鮑瑜馬上答：「直眉瞪眼。」

朱莉宣布説：「時間到。九十秒，五個詞。」

接着出戰的是烏莎努爾隊。

曉星描述，小嵐猜。

曉星説：「一個人預計很準，像天上的仙人一樣。」

小嵐立刻回答：「神機妙算。」

曉星搖頭：「不是。」

小嵐再答：「料事如神！」

曉星説：「對，下一個，我姐姐常做的事。」

小嵐脱口而出：「無理取鬧！」

曉星開心地説：「對！我常常誇自己的，其中一個字是植物。」

小嵐瞅他一眼：「玉樹臨風。」

「對！」曉星繼續描述：「指很多世，很多輩，時間很久很長。」

小嵐説：「世世代代。」

曉星説：「差不多。第一個字和第三個字是數字。」

小嵐馬上答道：「千秋萬代！」

曉星喊道：「對。下一個，那嘩啦啦流動的東西下去了，那一塊塊硬硬的東西露頭了。比喻事情的真相完全顯露了。」

小嵐回答：「水落石出！」

曉星高興地嚷道：「對。下一個，形容欣喜到極點。」

小嵐說：「驚喜若狂？」

曉星搖頭：「不是。你再猜……」

叮。犯規提示音響起。

「曉星犯規，『樂不可支』，你說了『不』字。」朱莉說。

「哎呀！」曉星使勁拍了自己後腦勺一下。

朱莉宣布：「時間到了，九十秒六個詞，烏莎努爾隊暫時第一。下面是天域隊畢爾和梵娜出戰。」

天域隊這一輪比賽很關鍵，能不能復活就這一次機會了。畢爾和梵娜依次和隊員擊掌，決心盡力一拼。

梵娜描述：「好的人和壞的人混雜在一起，不是一樣的。」

叮。犯規提示音響起，朱莉說：「成語『良莠不齊』，說了『不』字。」

梵娜愣了愣，畢爾說：「不要急，繼續！」

梵娜振作精神：「下一個，胸膛裏存在着惡意或陰謀詭計。」

畢爾答：「居心不良。」

梵娜説：「對。下一個，比喻變化多端或花樣繁多。」

畢爾想了想，答：「形形色色。」

梵娜看着他：「不是。第一和第三個字是數字。」

畢爾再答：「五光十色。」

梵娜有點着急：「再猜。」

畢爾想了想：「五花八門。」

梵娜大喜：「對！下一個，形容一個人跟別人相處時很自然，不會扭扭捏捏。」

畢爾回答：「溫文爾雅，落落大方……」

梵娜説：「落落大方對。下一個，把人欺負得很過分，令人不能容忍。」

叮，犯規。

朱莉説：「『欺人太甚』你説了『欺』和『人』兩個字了。」

梵娜猛地捂住嘴：「啊！」

朱莉歎了口氣：「太可惜了，兩次犯規，零分。」

梵娜很難過，畢爾雖然心裏也不好受，畢竟是徹

底輸了，再沒機會了，但他還是安慰梵娜説：「沒事，勝敗乃兵家常事。」

畢爾拉着梵娜的手回到自己隊伍。

朱莉拍了一下手説：「好，現在成績已經出來了，烏莎努爾隊，得一分，陀羅隊，得零點五分，天域隊，零分。也就是説，能進入總決賽的兩支隊伍是烏莎努爾隊和陀羅隊。」

「嘩啦啦……」掌聲響起，祝賀兩支隊伍勝出。

雖然天域隊沒能進入決賽，但他們都很有體育精神，用掌聲表達對勝隊的祝賀。

「好，今天的比賽已全部完成，我們馬上去吃飯，晚飯很豐盛哦，一定會給大家留下難忘的印象。今晚會在這裏住一晚上，有關住房情況，請編導哥哥來宣布。」朱莉笑容滿面地説。

編導哥哥又再笑眯眯地出現了。橫看豎看，大家總覺得他笑臉上寫着「不懷好意」四個字。

編導哥哥指着手裏拿着的三份告示，説：「大家晚上住的房子，已經準備好了。這三份告示上分別寫着三處房子的情況。得第一名的烏莎努爾隊可以先挑，接着輪到陀羅隊，天域隊就只能住他們挑剩的囉，不好意思了。」

編導哥哥把告示貼到牆上讓大家看。

大家呼啦一下全湧上去。只見上面分別寫着：

觀星樓。特點：可以整晚看星星。

福娃家。特點：有可愛的小動物。

草房子。特點：睡牀又大又鬆軟。

曉星搶着説：「小嵐姐姐，我們要福娃家。你看有可愛的小動物呢。不知是小狗還是小貓呢？小兔小羊也不錯，我們挑這家好不好？」

曉晴眨巴着眼睛説：「我看這編導哥哥沒這樣好心的，説不定有陷阱呢！」

曉星説：「你別那麼多疑了，不就是住一晚的地方嘛，能搞出什麼名堂？小嵐姐姐，要這間要這間。」

反正只住一晚上，小嵐也不想費腦筋去考慮那麼多，便説：「好好好，就要這間。要是不理想，別哭鼻子啊！」

曉星裂開嘴巴：「嘻嘻，我才不哭鼻子呢，那是女孩子的專利。」

曉星説完，一手揭了福娃家的告示。

輪到陀羅隊選了。

霍婷和雷曼兩個女孩子都説選觀星樓，可以邊睡覺邊看星星呢，多浪漫！

鮑瑜一手揭了草房子的告示：「真蠢，睡覺的地方，最重要是牀舒服啊！」

天域隊就剩觀星樓了，沒得挑。

不過他們覺得這房子還挺不錯的，正如隊長畢爾說的：「可以在無污染的農村欣賞星星月亮，機會難得哦！」

第十六章

這算小動物嗎？

一輛巴士把他們接到了吃晚飯的地方。那是一間鄉村小學的飯堂，晚飯果然很不錯，食材都是菜園裏剛摘下來的新鮮蔬菜，還有新鮮的雞蛋和肉類，吃起來格外香。不過，大家更加惦記的是他們挑的房子，不知道是不是跟自己想像的那樣美好。希望編導哥哥這次厚道一點，別給他們挖坑。

很快吃完晚飯，三名電視台工作人員分別領着三隊選手，找住的地方去了。住的地方在離小學校不遠的村子裏。

編導哥哥一吃完飯就沒影兒了，這讓選手們都開始擔心起來，別是挖了坑怕被揍，「畏罪潛逃」了吧！

帶小嵐他們去「福娃家」的，是一名三十歲左右的工作人員，曉星一路問他有關房子的事，他都支支吾吾的，這讓小嵐他們有了一種很不妙的感覺。

在一條彎彎曲曲的巷子裏走了一段時間，前面出現了一座平房，那是一間農村很常見的土磚房。工作

人員説：「那就是你們住的房子，門沒鎖，你們自己進去吧！」

工作人員説完，就急急地走了。

「有可疑！」曉星眼睛骨碌碌轉了轉，他趕緊轉身去找那工作人員，但那人早一溜煙地跑沒影了。

小嵐説：「算了，趕快去看看我們挑選的家。」

土磚房外圍有一個用木條圍成的小院子，小嵐帶着人走到一道木柵門前，用手一推，就推開了，果然沒鎖。

好奇孩子林棣棣率先走進小院子，不過，他一邁腳就踩上了什麼東西，腳一滑，眼要就要摔個仰面朝天，幸好後面的徐昆扶了他一把，才險險地站住了。

「什麼鬼東西？！」林棣棣氣哼哼地抬起腳，往腳底一看，沾上了濕濕的臭臭的東西。

院子裏有幾隻雞昂首闊步地在踱步，聽了林棣棣的話都奔了過來，咯咯咯不滿地朝他叫着：那是我們的糞便，才不是鬼東西呢！

幸好還有人知道，徐昆説：「是雞糞！」

「啊！」林棣棣拼命把鞋底往地上擦。

其他人都捂住鼻子離他遠遠的：「好臭！」

「咦，什麼聲音？」曉星發現了什麼。

大家也聽到了，「哼哼哼哼」，好奇怪的聲音啊！

「那裏！聲音是從那裏傳出來的！」曉星指着小院子的角落。

「小心點！」徐昆從地上撿起了一根木棍，大哥哥要保護弟弟妹妹的安全呀，「你們跟在我後面。」

一行人躡手躡腳向聲音發出的地方走去。連林棣棣都忘了鞋底的髒東西，緊張地跟在後面。

院子角落處，用粗樹枝做欄柵圍起了一小塊地方，聲音正是從圍起來的地方傳出來的。

「哼哼哼……」聲音越來越響，徐昆快走幾步，舉起木棍朝欄柵裏看去……

「啊！」徐昆愣住了。

「是什麼？」小嵐膽子大，也不管曉晴死拽着她的袖子不讓她過去，走到欄柵前，只見幾頭很胖很胖的豬，正抬着頭，用小黑豆般的小眼睛看着他們，「嘿，原來是幾隻大胖豬！」

「啊，大胖豬？」大家都跑了過來。

豬肉他們吃得多了，但活着的豬還沒見過呢！

「樣子好蠢！」

「拉的大便好臭！」

「這大胖豬算小動物嗎？編導哥哥騙人！」

那幾隻大胖豬不知道是不是聽懂了孩子們的話，非常不滿，一齊仰着頭大叫起來，聲音又難聽又吵鬧。

不聽不聽不聽！大家都捂着耳朵，跑進了房子裏。

　　房子裏有一間客廳和四個房間。客廳只有一張木桌子，幾張木凳，桌子上有個熱水瓶，四個房間裏各有一張大的牀和一個舊衣櫃。擺設真是簡單得不能再簡單了。

　　「哇，好恐怖，這蓋房子的磚是用泥巴做的呢，指甲一摳就一個洞。」林棣棣大驚小怪地説。

　　「這樣的房子能住嗎？下雨會不會倒塌？」林悠悠很擔心。

　　六個人一向住大城市，哪見過這種泥磚房。徐昆説：「我有個表叔是農村人，放假時我爸爸帶我去他家住了幾天。他們的房子也是用泥磚蓋的。」

　　小嵐問道：「一般的泥巴，不是水一泡就變成泥漿的嗎？下雨怎麼辦？」

　　徐昆説：「我問過表叔，表叔説，這泥磚的製作方法，是三分之二的泥加三分之一的沙子，再放上稻草碎，加水拌成糊泥，然後用木模壓印成塊，晾乾之後就成了泥磚。這種磚很堅固的，除非被大水淹泡，否則不會塌的。」

　　曉星顯得很有興趣：「哇，原來用這些東西就可以蓋房子，太有趣了！小嵐姐姐，回去以後，我們也玩蓋房子好不好？泥巴和沙子，很容易找到啊，我們

在嫣明苑蓋一間泥磚屋，蓋好以後讓聰聰牠們住進去。」

林棣棣一聽，馬上躍躍欲試，他說：「我也想玩蓋房子！可以嗎？」

曉星很大方：「當然可以了。我們一塊蓋。」

小嵐沒好氣地看着這傻瓜倆，真以為蓋房子跟砌積木一樣容易呀！

這時，門外那些「可愛的小動物」又叫起來了。一聲高一聲低的在控訴，大有跟這班說自己難看的小屁孩不死不休的樣子。

「別吵，再吵把你們全部做成紅燒肉！」曉星跑出去，吼了一聲。

豬都嚇得趕緊閉了嘴，小黑豆眼警惕地盯着曉星，生怕這小屁孩真的把牠們做成紅燒肉！

這時，有客人來了。是天域隊的隊長畢爾。

畢爾東張西望的：「哇，你們這房子真好，羨慕死人了！」

烏莎努爾隊的小伙伴們都很意外，還以為自己住這簡陋的泥磚屋已經夠倒霉的了，沒想到還有更倒霉的。

徐昆問畢爾：「你們不是住觀星樓嗎？挺浪漫的呀！」

畢爾氣呼呼地說：「浪漫個鬼！所謂觀星樓，就

是農民在稻田旁邊守夜的竹棚一個。頭頂只蓋了一層稀稀疏疏的乾草，還是有很多縫隙的。躺在裏面可以看得到天空。我剛才去找編導哥哥算帳，他不知躲哪去了。」

曉星說：「聽你這麼說，風涼水冷的，那也不錯啊！」

畢爾腦袋搖得像撥浪鼓：「不行不行，那幾個女孩死都不肯在那裏住，生怕半夜裏跑進來什麼青蛙呀老鼠呀貓呀，我都愁死了。」

小嵐說：「要不這樣，我們有四間房子，四張大牀，你們來我們這裏擠一擠。」

畢爾大喜：「太好了，謝謝，謝謝！」

畢爾趕緊回去告訴小伙伴們好消息。

畢爾剛離開，又有客人來了。

這回是一直對烏莎努爾隊不友好的鮑瑜，還有她的隊員雷曼。

大家都沒想到鮑瑜會來，要知道，自從成語大賽開始，她就一直酷酷的樣子，好像誰欠了她幾千萬似的。

於是，大家都瞧着她不吭聲。

鮑瑜也挺尷尬的，幸好她帶來了雷曼。雷曼長着一張可愛的娃娃臉，見人就露出甜美笑容，是個很容易獲取別人好感的女孩子。

雷曼笑着對小嵐說：「公主殿下，你們好！這就是你們挑到的住處嗎？真不錯哦！」

呵呵，小嵐他們是第二次聽到別人讚美這破舊的泥磚房了。

林悠悠覺得很奇怪：「你們那草房子不好嗎？不是說有鬆軟的牀嗎？我們屋裏的牀可不怎麼樣哦，硬邦邦的，肯定睡得不舒服。」

雷曼懊惱地說：「我們上當了，那真是個草房子，放草的房子，裏面什麼也沒有，只是堆了很多很多乾草。」

烏努爾隊員們都恍然大悟，哦，乾草呀，果然很鬆軟啊！

曉星說：「也沒關係啦，睡在乾草也挺舒服的嘛。」

鮑瑜這時氣哼哼地插了一句：「乾草裏有米奇的『兄弟』呢！」

「米奇的『兄弟』？」曉晴眨眨眼睛，「啊，老鼠！太可怕了！」

平日總一臉傲氣的鮑瑜這時苦着一張小臉，可憐巴巴的樣子：「就是嘛，叫我們怎麼睡。」

小嵐到底心軟，便說：「要是不嫌擠的話，過來一塊住吧！」

「啊，謝謝啊！」鮑瑜一聽馬上喜上眉梢，她早

就等着小嵐説這句話了，扔下一句「我去告訴隊員們」，然後就沒影了。

曉星撓撓頭：「哇哦，沒想到我們這間泥磚房這麼搶手哦！」

不一會兒，畢爾領着他的五名隊員來了，六個人臉上洋溢「終於有蓋遮頭」的幸福模樣；又過了一會兒，鮑瑜帶着她的五名隊員也來了，六個人臉上充滿着終於逃出鼠口的慶幸表情。

小嵐給大家分配房間。八個女孩住了兩間，四個人一間；十個男孩也是住兩間，五個人一間。幸好臥房裏用磚砌的牀很大，擠一擠也能睡四五個人。

十八個人擠在房子裏，熱熱鬧鬧、吵吵嚷嚷的，快要把屋頂都掀開了。尤其是「人來瘋」的曉星和林棣棣，兩個人年紀最小，在房子裏鑽來鑽去，不知多開心。

直到晚上十一點多，一羣小屁孩才安靜下來，陸續入睡了。

可是……

可是，偏偏有的壞傢伙就不安好心搞破壞。三隻大胖豬白天被小屁孩鄙視，心有不甘，半夜三更時故意在豬圈裏大聲叫喚，哼哼哼哼沒完沒了。而那幾隻大公雞不知是收受了好處還是怎麼回事，反正也助紂為虐，幫着豬欺負起小屁孩來了，明明天還黑黑的就

喔喔喔地報曉，硬是把一屋子人從好夢中吵醒。

曉星氣得衝出院子，朝那些故意使壞的傢伙大喊：「你們住──嘴！」

沒想到那些小動物竟然毫不畏懼，豬繼續叫，雞繼續啼，把曉星氣得直跳腳。

陀羅隊和天域隊的隊員懊惱死了，還以為找到了能安睡的地方，沒想到頭來仍是難逃一劫。

欠揍的編導哥哥，這就是你說的「可愛小動物」嗎？

大騙子！！！

直到快天亮的時候，豬才停止了報復，一屋子的小伙伴才又睡了一兩個小時。

第二天早上，大家被工作人員喊醒，個個都變成熊貓眼，那情形要多慘有多慘。

只有編導哥哥和主持人姐姐，還有那些攝影大叔暗地裏捂着嘴偷笑，選手們越是慘，遲些節目播出時，那些唯恐天下不亂的觀眾就越是看得開心啊，這回節目收視率一定很高。

不過這是要付出代價的，這天編導哥哥的背脊一直涼颼颼的，那是被許多雙不滿的眼睛盯着的緣故啊！

吃過早餐，接選手們回城的旅遊巴士就開來了。編導哥哥還算有點兒良心，不再用什麼十一號車、運

豬車、自行車折磨選手們了，大家一路唱着歌，說說笑笑地，很快就回到了電視台。

編導哥哥講了總決賽時間，就讓大家解散，各回各家了。

第十七章

兩位公主誰厲害？

總決賽的日子很快就到了。

這天，電視台大廳一大早就擠滿了等着入場的人，有來觀看比賽的觀眾，也有帶着攝像機照相機的電視台或報紙刊物的採訪記者。

小嵐他們已經在比賽場的選手區域裏坐好了。今天出賽的仍是三組選手，其中兩組仍是第二場的組合——小嵐和曉星組合，徐昆和林悠悠組合；新換的一組是巴東巴西組合。坐他們對面的是今天的對手陀羅國隊，他們隊的組合分別是鮑瑜和劉易，麥克和馬麗，高斯和安琪。

經過之前到出外景到小王莊做節目，大家一起吃一起住的，生活上又互相幫助，兩隊人的關係已經解凍了，不像之前那樣死對頭似的。在曉星的提議下，還建了成語賽聊天羣，一班人一有空就在裏面鬥嘴、聊八卦。

這時，看上去他們全都乖乖地坐在那裏等比賽開始，實則上每人一個手機，正在羣組裏聊得熱鬧——

拂曉星辰：嘿，對面的小伙伴們，你們做好輸的準備沒有？

高人一等的斯：我們才不會輸呢！你們等着看我們上台領冠軍獎杯吧。

大師兄昆：有我大師兄在，冠軍妥妥的屬於我們！

林悠悠他弟：還有小師弟在，冠軍雙保險！

鮑瑜不是鮑魚：哼，少做夢吧！

麥了不克：對，贏的必定是我們。

拂曉最美的晴：咱們打個賭，輸了的今晚請吃飯！

拂曉星辰：哇哦，我姐姐難得地正確了一次！

大師兄昆：我要吃魚子醬炒飯！

林棣棣他姐：嗯嗯，我要吃大閘蟹！

拂曉星辰：對面的小伙伴們，請準備好錢哦！

山風來襲：我可以幫忙訂座的！

「……」

時間在打嘴仗中不知不覺溜走了，很快觀眾全都進了場，傳媒也架好了攝影設備。比賽要開始了。

主持人朱莉穿一身中國旗袍，婀娜多姿地走上了舞台：「親愛的觀眾們，青少年成語賽總決賽，馬上要開始了。現在，我們以熱烈的掌聲，歡迎我們的萬卡國王，還有我們的友好鄰居——陀羅國尊敬的國王

陛下鮑森蒞臨本場比賽。」

「嘩啦啦……」掌聲在大廳裏回響。

年輕的萬卡國王和頭髮花白的陀羅國國王，並肩走進了會場，兩人舉手向觀眾揮手致意。

工作人員把兩位國王請到了第一排中間位置坐下。

陀羅國國王顯得興致勃勃的，他對萬卡國王說：「等會看看是你的公主厲害，還是我的公主厲害！」

萬卡國王笑笑，沒出聲，心想：還用說嗎？當然是我的智慧公主厲害。

朱莉又介紹評點嘉賓席上的勞思和王一川：「今天的評點老師是勞思教授和中國成語大賽冠軍王一川先生，大家歡迎。」

嘩啦啦，又是一陣熱烈掌聲。

朱莉微笑着說：「今天是六國青少年成語賽的總決賽，相信不論是烏莎努爾人還是陀羅國人，都萬分緊張。因為這場比賽，將決定總冠軍究竟花落誰家，決定期待已久的中華文化書院將設在哪一國。為國爭光的時候到了，年輕的選手們，拿出你們的最好水平，準備戰鬥吧！」

「烏莎努爾隊，加油！」

「陀羅隊，加油！」

觀眾雖然基本上是烏莎努爾人，但他們喊加油時

都不會忘記陀羅隊，很有風度。而陀羅隊隊員們，也在觀眾給他們喊加油時，揮手致意。

朱莉笑着看着台下熱情喊口號的觀眾，見時間差不多了，把手往下一壓，人們馬上聽話地住了聲。

朱莉宣布：「今天的總決賽，總共有三場比賽，第一場是雙音節同題對抗賽。兩組共用一個題目，描述者用兩個字解釋成語，猜錯即轉另一組描述，直到一方正確猜出成語。不限制犯規次數、不允許跳過，先積累兩分者獲勝。下面請烏莎努爾隊和陀羅隊各出一組選手。」

朱莉說完，對選手區裏的小嵐問道：「烏莎努爾隊，請問你們準備派出的選手是……」

小嵐站了起來，說：「我們派出徐昆和林悠悠。」

「好！」朱莉又問鮑瑜，「陀羅隊，請問你們準備派出的選手是……」

鮑瑜站了起來：「我們派出麥克和馬麗。」

朱莉宣布：「請徐昆和林悠悠組合，麥克和馬麗組合上台。」

徐昆和林悠悠跟隊友們擊掌，然後跑上了舞台。而陀羅隊的兩位選手也跟着上了台。

抽籤決定哪隊先手。其實先手有先手的好，就是可以比對手先一步拿到分。但如果一擊不中，就等於

為對手提供多一個提示詞，令對手更容易猜中。所以先手後手各有利弊。

結果陀羅隊抽中先手。麥克説詞，馬麗猜。

麥克低頭看了看平板電腦上的成語，説：「大聲。」

「大聲？」馬麗疑惑地看着麥克，想了一會，「電閃雷鳴？」

朱莉説：「沒猜對，輪到烏莎努爾隊。」

徐昆眼睛轉了轉，説：「客人。」

林悠悠説：「生意興隆。」

朱莉搖搖頭：「錯了，到陀羅隊。」

麥克擰着眉毛好一會兒，然後看着馬麗説了一個詞：「無禮。」

馬麗嘴裏喃喃着：「大聲，客人，無禮……難道是……喧賓奪主？」

麥克跳了起來：「耶，對了！」

台下觀眾給予熱烈掌聲，祝賀陀羅隊第一回合取得勝利。一直緊張地盯着台上比賽的陀羅國國王鮑森高興得眉開眼笑，他得意地對身旁萬卡説：「精彩吧，我們的隊員水平不錯。」

萬卡説：「恭喜恭喜。不過有句話叫『好戲在後頭』，相信之後的比賽更精彩呢！」

王一川之前滿有興趣地看着四人你來我往，這時

滿意地點頭說：「我覺得剛才三個詞都提示得很好。『喧』就是聲音大的意思，喧賓奪主的意思就是客人的聲音壓倒了主人的聲音，而喧賓奪主這種行為的確是有不禮貌的因素在裏面。喧賓奪主這個成語是用來比喻外來的或次要的事物，佔據了原有的或主要的事物的位置。」

朱莉聽王一川說完笑着說：「我贊同王先生的意見，幾位選手都不錯。好，陀羅隊先得一分。下面勝者先手，陀羅隊，開始。」

角色交換，原先給提示詞的選手變為猜成語。

馬麗說：「隨手。」

麥克答：「順其自然。」

「錯。烏莎努爾隊。」朱莉示意輪到烏莎努爾隊。

林悠悠想了想：「亂寫。」

徐昆靈機一動：「信筆塗鴉。」

「對！」林悠悠十分高興，「徐昆好棒！」

朱莉笑着說：「現在是一比一打平。下面一輪很關鍵了，先猜對的那組就可以獲勝，為自己隊贏了第一輪比賽。」

「陀羅隊，加油！」

「烏莎努爾隊，加油！」

觀眾們又再為選手們喊加油打氣。

比賽重新開始，烏莎努爾隊先手。

徐昆看着電腦上的成語，説：「貪心。」

林悠悠嘟着嘴，想了一會兒，回答説：「得寸進尺。」

徐昆搖了搖頭。站一旁的朱莉朝陀羅隊做了個手勢，説：「換陀羅隊猜詞。」

馬麗想了想：「自私。」

麥克答：「見利忘義。」

朱莉笑着搖搖頭，説：「沒猜對。下面換烏莎努爾隊猜詞。」

徐昆之前已經想好了提示詞，所以朱莉話音未落，他就馬上説：「謀取。」

林悠悠眨眨眼睛：「難道是……唯利是圖？」

徐昆拳頭往上一舉，興奮地説：「對了，對了，就是這個！」

台下掌聲如雷。

勞思教授説：「剛才這一組幾個關鍵詞都説很好。『圖』就是解圖謀、謀取、謀劃的意思，貪心，自私，謀取，就讓人比較容易猜到結果『唯利可圖』。徐昆這組表現特別棒。」

徐昆和林悠悠異口同聲説：「謝謝！」

觀眾席裏的萬卡笑得瞇了眼，對旁邊的陀羅國國王小聲説：「我説得沒錯吧，好戲在後頭呢！」

鮑森急得揑緊了拳頭。

朱莉說：「恭喜烏莎努爾隊第一輪比賽贏了陀羅隊。下面第二輪比賽，請問烏莎努爾隊準備派誰出賽？」

小嵐站起來：「這一輪比賽，由巴東和巴西出場。」

朱莉說：「好。那陀羅隊呢？你們準備派哪一組應戰？」

鮑瑜站起來說：「我們派高斯和安琪應戰。」

兩組選手上台。朱莉說：「勝隊先手，烏莎努爾隊。」

巴西開始說雙音節詞：「偷竊。」

巴東說：「監守自盜。」

巴西搖頭。

輪到陀羅隊猜。

高斯想了想說：「拉着。」

安琪說：「江洋大盜。」

沒猜對，又輪到烏莎努爾隊猜。巴東看了巴西一眼，說：「隨便。」

巴西偏着頭想了一會兒：「偷竊，拉着，隨便……順手牽羊！」

巴東大喜：「對了，噢，好棒！」

朱莉宣布說：「烏莎努爾隊先得一分。烏莎努爾

隊，繼續猜下一個。」

輪到巴西說詞，巴西眼睛朝上翻了翻，說道：「天上。」

巴東心想，跟天上有關的成語很多啊，昏天黑地、暗無天日、九霄雲外、雲消霧散、萬里無雲……嗯，今天天氣很好，就選萬里無雲吧。於是，他回答說：「萬里無雲。」

巴西歎了口氣，搖搖頭。

又輪到陀羅隊的安琪了，她說了一個詞：「苦悶。」

高斯有點莫名其妙：「天上，苦悶，這搭配真奇怪。猜不到。」

又輪到烏莎努爾隊組合。巴西說：「憂心。」

巴東眼珠轉了轉：「愁眉苦臉？」

巴西忍不住拍了一下桌子，唉，就差一點點。

這時安琪又再說了一個雙音節詞：「飄動。」

高斯低頭不語，一會兒無奈地說：「實在猜不出來。」

巴西看着電腦裏顯示的成語，想了一會，說：「無色。」

巴東撓頭：「究竟是什麼成語呀！想不到呀！」

選手有點急了，觀眾們也都急了，來來去去這麼多個詞，還是無法猜到，這的確有點難啊！

這時安琪又對高斯説了一個提示詞：「暗淡。」

朱莉提醒選手：「好好想想。天上，苦悶，憂心，飄動，無色，暗淡。」

高斯眨眨眼：「愁雲慘霧？」

安琪高興得跳了起來：「哇，聰明，你猜對了！」

高斯太驚喜了：「真是愁雲慘霧？哎呀，這個好難啊！」

勞思教授點頭説：「這個真的難。猜到很不容易。愁雲慘霧是形容暗淡無光的景象，多比喻令人憂愁苦悶的局面。剛才大家的提示詞也出得挺到位的。不錯。」

朱莉説：「一比一，兩隊各得一分。下面陀羅隊先手，選手角色對換。」

高斯看着電腦屏上的成語，説：「逮住。」

安琪腦子裏浮現了幾個跟逮住有關的成語，她選了個自己認為正確的答道：「一網打盡。」

朱莉搖頭：「不是。到烏莎努爾隊猜。」

巴東説出自己想好的一個提示詞：「小偷。」

「小偷？」巴西想了一會兒，説：「賊喊捉賊。」

朱莉搖頭歎息：「不是。」

輪到陀羅隊了，高斯説的提示詞是「物證」。安

琪聽了眼睛一亮：「捉賊見贓！」

嘩嘩嘩⋯⋯全場一片掌聲，祝賀選手終於攻克了這個成語。

「猜對了。二比一，這輪陀羅隊勝。」朱莉朝陀羅隊作了個手勢，説：「現在的情況是陀羅隊和烏莎努爾隊各得一分。最後一組的比賽很關鍵，決定第一場比賽的勝利。」

第三輪對決，就是雙方隊伍剩下的組合了。陀羅隊是鮑瑜和劉易，烏莎努爾隊是小嵐和曉星。

上一輪陀羅隊勝，所以劉易和鮑瑜先猜。

劉易盯着電腦上的那個成語，把它研究透徹之後，才説：「河裏。」

鮑瑜很快答道：「混水摸魚。」

主持人朱莉遺憾地搖了搖頭：「不是混水摸魚。烏莎努爾隊，繼續猜。」

曉星古靈精怪地又是挑眉又是瞪眼，看得小嵐都想打他了，他才説了一個詞：「影子。」

小嵐眼睛瞇了瞇，果斷地回答：「水中撈月。」

「哇！」曉星嘴巴咧得大大的笑着，差點連喉嚨裏的小舌頭都看到了，「哈哈，太棒了！」

點評嘉賓王一川笑着説：「剛才曉星説『影子』，這個提示太重要了，所以小嵐一下子就想到了『水中撈月』。『水中撈月』這個成語是用來比喻去

做根本做不到的事情，只能白費力氣。」

朱莉說：「烏莎努爾隊先勝一局。下面烏莎努爾隊先手。選手角色交換。」

小嵐說了一個雙音節：「看書。」

曉星想了想自己看書時是怎樣的，就答道：「全神貫注。」

朱莉搖頭：「不對。」

輪到陀羅隊，鮑瑜又說了一個雙音節詞：「喜歡。」

劉易有點不確定地說：「手不釋卷？」

朱莉笑着說：「回答正確。下面猜下一個成語。」

曉星看了看自己面前電腦顯示的成語，說：「保密。」

小嵐毫不猶豫地回答：「守口如瓶。」

「耶！耶耶耶！小嵐姐姐真棒！」曉星歡喜得自己轉了一圈，又往上蹦了幾蹦。

勞思有點目瞪口呆的，一會才說：「小嵐公主，你怎麼這樣厲害？只是『保密』一個詞就讓你想到了『守口如瓶』！」

小嵐笑笑說：「保密不就要守口如瓶嗎？這是曉星提示得好。」

「就是就是！」曉星得意得簡直要像個氣球一樣飄上天了。

第一場雙音節同題對抗賽，烏莎努爾隊勝。

台上在交鋒，台下兩個國王也在交鋒。

陀羅國國王對烏莎努爾國國王説：「萬卡國王陛下，恭喜你的隊伍勝了第一場比賽。」

萬卡國王驕傲地説：「謝謝！」

陀羅國國王並不服氣：「不過，還有兩局比賽哦，誰勝誰負還説不定呢！」

萬卡國王氣定神閒：「那咱們拭目以待。」

第十八章
不一樣成語同題對抗賽

第二場比賽開始，朱莉説：「這場比賽叫『不一樣成語同題對抗賽』。比賽規則也是兩組共用一個題目，同一組一人解釋一人猜詞，猜錯即轉另一組描述猜詞，直到一方正確猜出成語。不允許跳過，犯規零分。先積累兩分者獲勝。」

曉星迫不及待地問：「主持人姐姐，什麼叫不一樣成語？」

朱莉笑着説：「這個問題問得好！什麼叫不一樣成語？之前比賽出現的成語都是四個字的，但其實成語還有其他字數的，從三個字到十六個字都有。我們這場比賽，猜的就是這類不一樣的成語……」

主持人的話沒説完，選手席和觀眾席就「哄」一聲議論開了：

「天啦，不是四字的成語，我真不太熟呢！」

「編導哥哥躲哪了？我又想揍他了。」

「還有十六個字這麼長的成語？我還是第一次聽到。真是孤陋寡聞啊！」

「我比你更糟糕。我一直以為成語就只有四個字的！」

「……」

兩個國王也在議論。

陀羅國國王試探着：「四字成語以外的成語，你那個隊熟悉不？」

「這方面……」烏莎努爾國國王很謙虛：「這個……可能沒有四字成語熟識，我真的知道不多。」

陀羅國國王試探成功，臉上露出一副很得意的樣子。他心裏高興啊，因為他知道，他的那支隊伍在這方面下過死勁，厲害着呢！這場比賽的勝利，陀羅隊穩拿了。

朱莉繼續説着：「下面請第一組選手登場……」

烏莎努爾隊選手巴東和巴西與陀羅隊選手高斯和安琪上場。

朱莉説：「上一場烏莎努爾獲勝，烏莎努爾隊先手。」

巴東低頭看了看平板電腦，説：「三個字成語，意思是捉弄別人。」

巴西看了看哥哥：「尋開心？」

朱莉説：「錯，陀羅隊猜。」

高斯説：「我們平時去看話劇的場所，叫什麼院？」

安琪答：「劇院！噢，惡作劇！」

朱莉點頭説：「陀羅隊猜對了。下面繼續，陀羅隊先手。」

安琪數了數電腦上成語「少壯不努力，老大徒悲傷」的字數，説：「這個成語是十個字的。説的是如果我們不趁年輕的時候發奮，到了年紀大的時候知道後悔了，哭也沒用了。」

叮！犯規提示音響了。

朱莉指指安琪：「安琪犯規，換烏莎努爾隊猜。」

安琪這才想起自己説了成語中「不」和「大」兩個字了，她懊惱地用手拍了自己腦袋一下。字數越多的成語，選手説了其中字眼的可能性越大。

巴西想了想，看着巴東説：「『百川東到海，何時復西歸』的下一句是什麼？」

巴東眼睛一亮：「少壯不努力，老大徒傷悲。」

巴西高興得跳了起來：「哥哥厲害！」

觀眾們全都鼓起掌來，為選手的聰明叫好。

王一川説：「『少壯不努力，老大徒傷悲』出自漢樂府，『青青園中葵，朝露待日晞。陽春布德澤，萬物生光輝。常恐秋節至，焜黃華葉衰。百川東到海，何時復西歸？少壯不努力，老大徒傷悲』。我覺得巴西和巴東都很聰明，巴西能想到用前一句來提

醒巴東，而巴東也不弱，一下子就想到是『少壯不努力，老大徒傷悲』，厲害！」

巴西巴東一齊説：「謝謝！」

朱莉看了看比分結果，説：「一比一平。下一個，烏莎努爾隊先手。」

巴東低頭看了看桌上的平板電腦，説：「下一個成語十四個字，意思是不要多理閒事。」

巴西脱口而出：「狗拿老鼠，多管閒事。」

巴東眼睛一瞪：「你忘了，十四個字啊！」

巴西後悔地一拍後腦勺：「噢，我這是怎麼啦！」

「別急，選手們要沉住氣啊！」朱莉又朝陀羅隊做了個手勢，「換陀羅隊。」

高斯看着安琪説：「跟動物無關的。跟天空落下的東西有關。」

安琪低頭想了一會兒，苦笑着搖搖頭：「猜不到。」

換烏莎努爾隊，巴東對巴西説：「跟房頂有關。」

「啊，跟房頂有關？」巴西困惑地撓撓頭，「小弟實在猜不到啊！」

這時高斯看着安琪説：「跟街道有關。」

安琪突然想到什麼，激動地大聲説：「各人自掃

門前雪，莫管他人瓦上霜！」

高斯高興得跳起幾尺高：「哇哇哇，説對了！」

嘩啦啦，觀眾都在為選手的精彩表現鼓掌。朱莉宣布：「陀羅隊先勝一局。」

陀羅國國王捻鬚而笑：「哈哈哈，萬卡老弟，看來不一樣的成語是我們家的隊伍厲害呀！」

萬卡一點不着急：「大叔，下面還有很多局呢！咱們走着瞧。」

勞思點評説：「『各人自掃門前雪，莫管他人瓦上霜』我認為是一句帶貶義的詞，自己管好自己家的事情就好了，別人家的事情不要去理會，這會造成人與人之間的冷漠。所以，在日常生活中，我們千萬不要『各人自掃門前雪，莫管他人瓦上霜』，人與人之間互相幫助很重要，『贈人玫瑰，手有餘香』。」

朱莉點點頭：「認同。助人為快樂之本嘛！」

第二個組合，烏莎努爾隊的小嵐和曉星，陀羅隊的麥克和馬麗上場了。

朱莉説：「上一場陀羅隊勝，陀羅隊先手。」

麥克看了平板電腦一眼，説：「三字成語。形容沒有一點主見。只會附和別人。」

馬麗説：「胸無大志？」麥克搖頭。

小嵐看着曉星説：「最後一個字是……你姐姐最害怕的一種細小生物。這個成語故事中，提到這種小

生物有個特性，別人說什麼牠就說什麼。」

曉星說：「我姐姐最害怕小毛毛蟲。別人說什麼牠就說什麼？應聲蟲嗎？」

朱莉拍了一下手掌，說：「曉星猜對了。下一個，烏莎努爾隊先手。」

曉星說：「六字成語。意思是……貓頭鷹睡覺時的樣子是怎樣的？」

小嵐想也沒想就脫口而出：「睜隻眼，閉隻眼！」

如雷掌聲，小嵐公主太厲害了。烏莎努爾隊勝，場上情況是一比一。

第三組上場。陀羅隊的鮑瑜和劉易，烏莎努爾隊的徐昆和林悠悠。小嵐提醒徐昆兩人：「陀羅隊這組很強，小心。」徐昆和林悠悠一起點頭。

烏莎努爾隊先手。

徐昆想了想，說：「遇見好人被欺負，挺身而出，幫助弱小的一方……」

林悠悠搶着說：「仗義執言。」

徐昆瞪她：「我還沒說完，是三個字的成語！」

林悠悠張大嘴巴：「啊！」

朱莉很遺憾地說：「烏莎努爾隊，對不起了，換另一組。」

鮑瑜說：「出手幫助。」

劉易答道：「抱不平。」

朱莉點點頭：「對。陀羅隊繼續猜下一個。」

劉易說：「到處都有知己朋友，即使遠在天邊，也好像住隔壁一樣近。唐代詩人王勃的詩《杜少府之任蜀州》裏面一句。」

鮑瑜馬上說：「海內存知己，天涯若比鄰。」

劉易高興得跳了起來：「對了。」

徐昆和林悠悠都沒想到，會輸得這樣快。徐昆不住地搖頭。局勢頓時嚴峻起來。勝負就在第三場比賽了。

朱莉說：「第二場比賽陀羅隊兩勝一負，贏得很漂亮。現在宣布，第二場比賽，陀羅隊勝！」

第十九章

公主飛花令

最緊張時刻到了，第三場會決定這次成語賽誰是冠軍。

朱莉邁着幽雅的步子走上舞台，她笑着說：「各位好，現在，大家是不是很想趕快開始第三場比賽，好想快點決定冠軍隊伍呀？」

「是！」台下觀眾一齊答道。

朱莉微笑點頭：「那好吧，那便滿足大家願望，下面……」

大家都很期待地看着她，等着她吐出「開始比賽」六個字。沒想到她話音一轉，說：「下面我們先看一場表演……」

「啊？！」神經繃得緊緊的觀眾們，一副上當受騙的樣子，起哄了。

朱莉一副捉弄人之後的得意表情：「嘻嘻……好啦，不就是想給點時間選手們，休息十分鐘，準備接下來的最後衝刺嘛！不過，這場表演一定不會令大家失望的。因為表演的兩位，一位是我們的評點老師、

166

遠道而來的中國成語大賽總冠軍──王一川先生，另一位，是我們美麗的公主──小嵐殿下。」

「嘩啦啦……」朱莉話音未落，就響起如雷掌聲。公主與冠軍的表演，太讓人期待了！

「兩位重量級表演嘉賓，今天會表演什麼呢？當然離不開中國文化年元素了。好，下面有請我們的公主殿下，以及王一川先生上台，給我們來一場表演賽──中國古詩詞飛花令！」

「嘩啦啦……」又是一陣熱烈掌聲。

公主和冠軍來一場飛花令，這簡直太精彩了！

飛花令原本是中國古人玩的一個文字遊戲，遊戲時可選用詩詞曲中的句子，但選擇的句子一般不超過七個字。

在電視節目《中國詩詞大會》中，節目組引進並改良了「飛花令」，讓它比古人的飛花令更為簡單，對詩句要求沒有古代那樣嚴格，選手只要背誦出含有特定關鍵字的詩句，這詩句不要重複之前雙方說過的即可，而對關鍵字的位置也沒有要求。

「飛花令」是真正詩詞高手之間的對抗，挑戰者必須在極短時間內完整說出一聯含有特定關鍵字的詩句，直到有一方背不出，則另一方獲勝。這不僅考察選手的詩詞儲備，更是臨場反應和心理質素的較量，因而「飛花令」的競賽感很強，觀賞性很高。所以，

這場以公主和中國冠軍之間的飛花令，雖然只是一場表演賽，但也絕對吸引眼球，所以觀眾們十分興奮和充滿期待。

「嗯，我們給這飛花令起個名字，因為其中一位是公主，就叫『公主飛花令』好了。公主飛花令，咦，好好聽哦！看來我很有起名字的天分。」朱莉沾沾自喜了一下，惹來台下一陣掌聲，朱莉得意地挑挑眉，然後大聲說：「下面，有請公主殿下和冠軍先生上台。」

小嵐和王一川並肩走上舞台。又是一陣掌聲。

朱莉等兩人站定，便說：「嗯，下面我來採訪一下兩位。先問問王一川先生，你是成語大賽冠軍，那你對詩詞的熟悉程度是否跟成語一樣？」

王一川笑着說：「我一向喜歡中國國學，凡是跟這有關的我都喜歡。不過之前因為參加成語比賽，溫故知新，所以對成語更為熟悉。」

朱莉歪着頭問道：「那你有信心贏小嵐公主嗎？」

王一川看了小嵐一眼，笑着說：「這個我真不敢保證。因為我知道小嵐公主在國學方面的造詣也很深，但我會盡力的。」

朱莉說：「好，那我祝你好運。」

王一川點點頭，笑着說：「謝謝！」

朱莉看向觀眾：「下面採訪一下我們的美麗小公主。公主殿下，請問你有信心贏王一川先生嗎？」

小嵐撩了一下垂在額前的頭髮，説：「我會努力戰勝他。」

朱莉説：「他可是中國成語大賽冠軍，很厲害哦！」

小嵐微笑着説：「今天之後，或許我也會是成語比賽冠軍！」

「公主好樣的！」有觀眾大喊了一聲，接着是一片熱烈掌聲。

台下萬卡一臉的驕傲，看，這就是我的公主。

王一川笑着説：「好好好，我們就來比試一場，看誰更厲害。」

「好！」小嵐跟王一川擊掌。

朱莉對觀眾説：「哇，很期待接下來的龍爭虎鬥哦！好，我們就來兩場飛花令，第一場以『花』字為關鍵字，王先生先手，開始！」

王一川張嘴就説：「接天蓮葉無窮碧，映日荷花別樣紅。」

小嵐想也沒想就接道：「春風得意馬蹄疾，一日看盡長安花。」

王一川接着説：「待到秋來九月八，我花開後百花殺。」

小嵐馬上想到了一句，説：「待到重陽日，還來就菊花。」

王一川略加思索，接了一句：「不經一番寒徹骨，怎得梅花撲鼻香？」

小嵐低頭想了一想，回答道：「兒童急走追黃蝶，飛入菜花無處尋。」

王一川這時腦海裏出現了李白的《黃鶴樓送孟浩然之廣陵》裏的一句，於是接道：「故人西辭黃鶴樓，煙花三月下揚州。」

小嵐愣了愣，因為她本來想接的就是這一句，幸好她腦子裏的詩詞儲備量大，馬上想到了另一句：「忽如一夜春風來，千樹萬樹梨花開。」

王一川已經想好了一句，於是流暢地説出：「日出江花紅勝火，春來江水綠如藍。」

小嵐笑笑，接道：「無可奈何花落去，似曾相識燕歸來。」

王一川朝小嵐豎了豎大拇指，又接了一句：「借問酒家何處有？牧童遙指杏花村。」

小嵐抿抿嘴唇，回答：「人閑桂花落，夜靜春山空。」

王一川馬上又接着答：「山重水複疑無路，柳暗花明又一村。」

小嵐腦子早有了一句，輕鬆答道：「停車坐愛楓

林晚，霜葉紅於二月花。」

王一川覺得自己快招架不住了，幸好又想到了一句：「夜來風雨聲，花落知多少。」

小嵐低頭想了一下，又答道：「稻花香裏說豐年，聽取蛙聲一片。」

「……」王一川一下子想不起來，他皺着眉頭在苦苦思索。

計時聲音在一下一下的響着，好緊張啊！

終於，王一川在限定答題時間內想到一句：「黃鶴樓中吹玉笛，江城五月落梅花。」

小嵐氣定神閒地接着：「採得百花成蜜後，為誰辛苦為誰甜。」

王一川幸好及時想到了一句：「小樓一夜聽春雨，深巷明朝賣杏花。」

沒想到小嵐還是沒被難到，脫口就接上：「去年元夜時，花市燈如畫。」

王一川心想這小女孩太不簡單了，怪不得被喻為「智慧公主」。他思考一會兒，想到了一句：「商女不知亡國恨，隔江猶唱後庭花。」

小嵐這時好像也有點「詞窮」了，想了一會兒，才想到一句：「桃花潭水深千尺，不及汪倫送我情。」

王一川咬着下唇，苦苦思索：「噢，有了，竹外

桃花三兩枝，春江水暖鴨先知。」

小嵐皺着眉想了好一會，突然想到了：「春色惱人眠不得，月移花影上欄杆。」

王一川有點不住氣了，撓撓腦袋，脫口而出：「人閑桂花落，夜靜春山空。」

「啊，王先生這句剛才小嵐公主說過了。」朱莉提醒說。

「啊！」王一川一愣，回答節奏一下子被打亂，他只覺得腦子一團糟，什麼都想不起來了。

要命的計時聲音又響了起來：「咚、咚、咚、咚……叮！」

朱莉舒了一口氣，說：「好，時間到了！王先生，第一場比賽，小嵐公主勝。」

台下掌聲經久不息，為小嵐和王一川的精彩表演叫好。

王一川朝小嵐伸出手，由衷地說：「恭喜公主！佩服佩服。」

小嵐笑着說：「你也很棒啊！要不是你不小心重複了一句，打亂了自己陣腳，這第一場還沒那麼快結束呢！」

朱莉笑容滿面地看着觀眾：「剛才的飛花令，精彩不精彩呀？」

「精彩！」台下撼天動地般回應。

朱莉又問：「緊不緊張呀？」

「緊張！」觀眾們拼命喊道。

朱莉點點頭：「好，讓我們馬上讓精彩延續。第二場跟第一場稍有點不同，是『超級飛花令』。超級飛花令是答題選手只有兩秒的考慮時間，如果兩秒內回答不出來就算輸。這一場以『春』字為關鍵字，小嵐公主先手，開始！」

台下觀眾都屏住氣息，生怕影響了選手。只有兩秒時間考慮，太難了。這時選手開始答題了——

小嵐：「爆竹聲中一歲除，春風送暖入屠蘇。」

王一川：「不知細葉誰裁出，二月春風似剪刀。」

小嵐：「春潮帶雨晚來急，野渡無人舟自橫。」

王一川：「池塘生春草，園柳變鳴禽。」

小嵐：「春蠶到死絲方盡，蠟炬成灰淚始乾。」

王一川：「春風又綠江南岸，明月何時照我還？」

小嵐：「春花秋月何時了，往事知多少？」

王一川：「落花滿春光，疏柳映新塘。」

小嵐：「國破山河在，城春草木深。」

王一川：「蜂蝶紛紛過牆去，卻疑春色在鄰家。」

小嵐：「芳樹無人花自落，春山一路鳥空啼。」

王一川：「春陰垂野草青青，時有幽花一樹明。」

小嵐：「等閒識得東風面，萬紫千紅總是春。」

王一川：「紅豆生南國，春來發幾枝。」

小嵐：「好雨知時節，當春乃發生。」

王一川：「落紅不是無情物，化作春泥更護花。」

小嵐：「綠楊煙外曉寒輕，紅杏枝頭春意鬧。」

王一川：「沾衣欲濕杏花雨，吹面不寒楊柳風。」

小嵐：「滿園春色關不住，一枝紅杏出牆來。」

王一川：「春種一粒粟，秋收萬顆子。」

小嵐：「羌笛何須怨楊柳，春風不度玉門關。」

王一川：「野火燒不盡，春風吹又生。」

小嵐：「……」

小嵐腦子好像一下子卡住了，腦子正飛快地搜羅着詩句，這時聽到「咚、咚……叮」，噢，限定時間到了。這一局小嵐輸了。

「嘩啦啦……」掌聲驚天動地，經久不息。

真是一場難忘的精彩表演啊！

小嵐和王一川在只有兩秒時間思考的情況下，把二十二句帶「春」字的詩詞，有如行雲流水般、自然流暢地背了出來，太厲害了！

等掌聲慢慢停下，朱莉笑嘻嘻地説：「哇，兩位真是棋逢對手，將遇良才啊，小伙伴們都驚呆了。要是我們以後有幸舉辦詩詞大賽，一定請兩位再來一展才華！下面先請兩位回到座位。」

小嵐和王一川朝觀眾揮揮手，一個回了選手區，一個回了嘉賓席。

第二十章

冠軍！冠軍！

「好，大家期待已久的終極決賽到來了。今天已進行的兩場比賽，烏莎努爾隊和陀羅隊各勝一場，所以下面的一場是決勝負的關鍵一場，將決定冠軍的產生，也將決定我們期待已久的『中華文化書院』設在哪一國。好緊張啊！」朱莉拍拍胸口，又說：「今天第三場，我們準備……」朱莉說到這裏，用手掩了半邊嘴，說：「悄悄告訴你們，本來今天編導哥哥想了一個鬼主意刁難選手的，但因為怕被人揍，所以改了主意……」

「哈哈哈……」台下一陣哄笑。

之前第二場比賽播出後，編導哥哥一不小心還出了名呢！觀眾都知道他「拉仇恨」的事，一提起就很開心。

朱莉接着說：「這場比賽，我們採取目標計時兩隊積分賽，以全隊總成績決勝負。每個隊仍然分三組，每組猜六個成語，三組全部完成用時較短的隊伍獲勝。基本規則跟之前的一樣，在描述過程中只能用

題目成語的釋義、典故、使用情狀對題目進行提示，不能出現題目中的任何一個字，不能用任何口型提示，也不能用其他語種的同義詞提示。描述用語中出現題目字時即為犯規。允許負責描述的選手有一次跳過和一次犯規的機會。」

選手區裏頓時議論開了，這次的比賽規則需要考驗每個選手的實力啊，如果有一個人不行，就直接拉低全隊成績。

兩隊的隊長都簡單地給自己隊員作了賽前動員演說，很快朱莉就宣布比賽開始，上一場獲勝的陀羅隊先比賽。

鮑瑜為了安定隊員的情緒，她和劉易首先上場，爭取好成績，給後面兩組隊員增加點信心。

劉易釋詞，鮑瑜猜詞。劉易看着要猜的成語提示說：「一隻會汪汪叫的動物，依靠自己主子的力量，去做不好的事情。」

鮑瑜想了想，很自信地回答道：「狗仗人勢。」

「對了！」劉易很開心，緊接着又提示第二個成語，「下一個，指一定要走過的那條道。」

鮑瑜側着腦袋想了一會兒，答道：「必由之路，必經之路。」

「第一個對！」一連兩個成語都順利猜到，劉易也顯得信心滿滿的，他又提示下一個成語：「下一個

成語的意思是⋯⋯如果我叫你做我女朋友，別人一定説我是什麼？」

鮑瑜瞪了劉易一眼，心想這傢伙竟敢出言冒犯，回去敲他，她咬牙切齒地説：「異想天開，不自量力。」

台下哄地一片笑聲。

劉易有點尷尬：「不是不是，不是這兩個。」

鮑瑜又兇巴巴地朝劉易説了一個成語：「白日做夢！」

台下笑得更厲害了。

見到劉易搖搖頭，鮑瑜又再説了一個：「想入非非。」

「哈哈哈哈⋯⋯」台下笑聲更響。

「猜對了！」劉易有點臉紅耳赤的，他努力集中精神提示下一個成語，「別人幫了你，你反而害人家。」

鮑瑜皺眉想了一會兒，回答説：「忘恩負義，恩將仇報。」

「第二個對。」劉易這時已經恢復了好狀態，他馬上提示下一個成語，「形容孫悟空飛上天空的一個詞⋯⋯」

鮑瑜想也沒想就答道：「騰雲駕霧！」

「對！」劉易又很快説出又一個成語的提示，

「在古代建築大師面前舞一把劈柴用的利器。」

鮑瑜眨眨眼睛，一點不猶豫地說：「班門弄斧。」

「猜對了！」主持人朱莉宣布說：「五十九秒六個詞，這組成績很不錯，陀羅隊，繼續努力。」

接着是陀羅隊的高斯和馬麗組合上台。高斯看着成語想了一會兒，然後看着馬麗說：「大自然裏，一種流動的東西下去了，一種硬硬的東西露頭了。」

馬麗想，流動的東西肯定是水，硬硬的東西是石頭吧，她腦子裏靈光一閃，答道：「水落石出。」

「耶！」高斯興奮地喊了一聲，「下一個，指一個人貪食又不想勞動。」

馬麗猜道：「好逸惡勞！」

「不是不是！」高斯拼命搖頭，又提示說：「貪食！」

馬麗明白了，立即回答：「好吃懶做！」

「對了！」高斯興奮地捏捏拳頭，「下一個的意思是，把兩者的地位擺反了。」

「把兩者的地位擺反了？」馬麗苦苦思索着，又答道：「顛倒黑白？」

「不是。跟分量有關的。」高斯看着成語「輕重倒置」，不知道用什麼解釋輕重兩字，撓撓頭，糾結了一會兒，手一揮，「跳過！」

高斯和馬麗這組搭當本來很不錯的，猜題也很快，可惜猜第三個成語時被難住了，耽誤了時間，所以用了一分三十四秒。

　　陀羅隊的最後一組麥克和安琪組合上台比賽。麥克說：「形容一個人迷迷糊糊只想往牀上躺，極其疲勞或精神不振。」

　　安琪回答了一串的成語：「無精打采、昏頭昏腦、委靡不振……」

　　見安琪一個也沒猜對，麥克着急地說：「往牀上躺！」

　　安琪也急了：「往牀上躺？睡覺？昏昏欲睡！」

　　麥克鬆了口氣，說：「對了！下一個，形容局勢或鬥爭的發展已到最後關頭。」

　　安琪：「你死我活。」

　　比賽結果，麥克安琪這組猜六個成語用了一分二十秒。

　　朱莉算了算，說：「陀羅隊比賽完畢。他們整隊用的時間是三分五十三秒！」

　　成績不錯。台下的觀眾都給予熱烈的掌聲。

　　朱莉看着烏莎努爾隊的座席，說：「好了，下面輪到烏莎努爾隊了，現在就看你們是否能用少於三分五十三秒的時間，猜到十八個成語了。如果能的話，就可以成為這次成語大賽的冠軍。如果不能的話，那

冠軍的殊榮就會屬於陀羅隊。生死就在這一戰，你們加油啊！」

「加油！」六隻手疊在一起，六把聲音喊出共同的一個詞。烏莎努爾隊信心滿滿的。

第一組徐昆林悠悠組合上台了。徐昆低頭看着平板電腦上的成語，說：「曹植做的流傳最廣的一件事。」

林悠悠脫口而出：「七步成詩。」

「哇，這小女孩太厲害了！」台下發出陣陣的驚歎聲。

徐昆拍拍自己胸膛：「我長得……」

林悠悠快嘴快舌地答：「人模狗樣。」

哈哈哈，觀眾笑翻了。徐昆朝不滿地朝林悠悠喊：「是褒義詞，最前面的字是阿拉伯字首字。」

林悠悠好不容易忍住笑，又猜道：「一表人才？」

徐昆這才高興起來：「對了！下一個，大地像被火燒過一樣。」

林悠悠猜道：「不毛之地，寸草不生。」

「寸草不生對！」徐昆興奮地提示下一個成語，「指一種人，對壞人講仁慈，不分善惡，到頭來自己吃虧。第一個字是方位詞。」

「方位詞？東南西北。」林悠悠眼睛一亮，答

道：「東郭先生！」

「耶耶！對！」徐昆把拳頭舉向空中，嚷道。

徐昆林悠悠組合狀態大勇，只用了一分零八秒便猜了六個詞。

烏莎努爾隊第二組合巴東巴西上台。

巴東看着自己弟弟，提示說：「這個成語指一支隊伍被打得七零八落。」

巴西用食指點點頭頂，想了一會兒，答道：「一敗塗地。」

巴東搖搖頭，說：「七零八落，沒有作戰隊伍該有的樣子。」

巴東這句話給了巴西很好的提示，他馬上回答道：「潰不成軍！」

「對！」巴東接着看了看平板電腦上的成語——新仇舊恨，不由皺起了眉頭，他搜索枯腸地想着怎樣描述，「這個成語是說以前的怨加上現在的怨，已經成為很深的怨。」

巴西有點摸不着頭腦：「以前的，現在的，什麼呀？」

巴東又提示說：「第一個字和第三字是反義詞。第一個字是……你買回來剛穿上的衣服，又叫什麼衣服？」

「新衣服。」巴西靈機一動，「新仇舊恨？」

「對！」巴東又低頭看電腦，上面顯示出成語「一心一意」，「下一個，只有一個選擇，沒有別的考慮。」

叮！犯規提示音響了。

朱莉提醒說：「巴東說了『一心一意』中的『一』字。」

巴東一拍腦袋。

巴西忙說：「哥哥別慌，繼續。」

巴東定了定神：「下一個成語的意思是，這件事令人不能忘記，總是記在心中。頭兩個字是一樣的。」

巴西猜道：「念念不忘。」

巴東搖頭：「不是。」

巴西撓撓腦袋，想了一會兒，答道：「牽腸掛肚？」

「哎呀，你又忘了！」巴東急了，「頭兩個字是一樣的！」

「噢噢噢！」巴西拍拍腦袋，又猜，「耿耿於懷？」

巴東激動地拍了一下手：「沒錯，對了。」

儘管接下來巴東巴西兄弟急起直追，但還是用了兩分零三秒的較長時間，才猜對六個成語。這就是說，最後一組，要用低於四十二秒的時間，猜完六個

成語。超級難啊！平均七秒就要猜到一個成語！

「公主加油，曉星加油！」

「加油加油加油……」

全場一片喊加油聲。

小嵐站起來朝觀眾揮揮手表示感謝，然後拉着曉星上台去。她的性格本來屬於遇強越強的類型，這時不但不緊張，反而鬥志滿滿的，她邊走邊對曉星說：「不就四十二秒六個詞嗎？咱們不怕！咱們一起創造奇跡好不好？」

曉星心裏其實挺害怕的，嗚嗚嗚，四十二秒六個詞，寶寶做不到，做不到啊！但聽了小嵐的話，他覺得信心回來了，有小嵐姐姐在，沒什麼可怕的！他胸膛一挺，說：「好，咱們一起創造奇跡！」

兩人手拉手走上台。

「最緊張的時刻到了。到目前為止，成語賽都沒有過四十二秒猜六個成語的紀錄。」朱莉看着剛上台的兩個選手，問道：「兩位有信心創造這個紀錄嗎？」

小嵐說：「主持人姐姐，讓我們用行動來回答你的問題吧！」

朱莉笑着說：「好的好的！下面，計時開始。」

曉星看了電腦上的成語一眼，就馬上說：「最長的腿。」

小嵐幾乎是立即回答：「一步登天。」

「對！」曉星又馬上提示下一個成語，「我在你面前，只能……」

小嵐毫不猶豫地：「自認倒霉，甘拜下風！」

曉星樂了，笑着說：「第二個對。我常說自己的外形是……」

小嵐哭笑不得地瞪他一眼，答道：「英俊瀟灑、玉樹臨風。」

「哈哈哈……」曉星樂壞了，「第一個對。下一個，噢，我說自己英俊瀟灑，這種行為真是……」

小嵐喊道：「恬不知恥！」

台下觀眾全都捧腹大笑。「對了。」曉星也笑着，還真是「恬不知恥」的。他繼續提示下一個成語，「一隻象看上去是什麼？」

小嵐以一秒時間思索，然後回答：「龐然大物！」

「哇，對！」曉星繼續提示下一個，「我打姐姐。」

小嵐脫口而出：「同室操戈！」

曉星激動地跳了起來：「對！對！對！我們創造奇跡了！」

場上計時器停在三十六秒上，小嵐曉星組用三十六秒猜到六個成語，創造了奇跡！

曉星激動地跑過去擁抱小嵐，選手席裏的烏莎努爾隊員也都跑上了台，大家抱在一起，笑着，跳着，叫着。

全場掌聲、歡呼聲，震天動地。

勝利了，烏莎努爾隊勝利了，他們拿到青少年成語賽的總冠軍。烏莎努爾人在鼓掌，為他們國家的冠軍隊伍感到驕傲。

陀羅國國王在鼓掌，除了為中華文化書院未能建在陀羅國而惋惜外，他覺得烏莎努爾隊的確勝人一籌。

鮑瑜帶着她的隊伍在鼓掌，為烏莎努爾隊的優秀而表示衷心祝賀。雖然沒有拿到獎杯，但收獲了友誼也很棒呀，她根本把莫邪的囑託忘記了，或者是根本就不放在心上了。輸了就輸了，沒有什麼可記恨的，她不可以再陪着那小心眼的表妹折騰。

萬卡國王也在鼓掌，一向少年老成、嚴肅的臉上，此刻笑得嘴巴都快裂到耳根了。我的隊伍好棒，我的小公主好棒！

第二十一章

誰在喊救命？

幾天之後。

藍天、白雲、沙灘、海浪，戲水的遊客，玩沙子的小孩，追逐的年輕人，曬太陽的老人家……構成了一幅充滿動感的夏日海灘風情畫。

「救命啊……」咦，哪裏發出了這種違和的聲音？啊，原來是從沙灘上的兩顆腦袋發出的。

兩顆腦袋，好詭異啊，別說得那麼可怕好不好！但是沒錯，沙灘上只有兩顆沒有身子的腦袋，而叫救命的聲音的確是從那兩顆腦袋的嘴裏發出來的。

沙灘上為什麼有兩個沒有身子的腦袋？！讓我們來個案件重演吧！

原來，古靈精怪的曉星，夥同他新收的小狗腿林棟棟，欺負花美男黃非鴻，把一條高度仿真的假蛇扔到黃非鴻身上，把黃非鴻嚇得「花容失色」。小姐姐們同情花美男，就替他報仇，把兩個肇事者用沙子埋在沙灘上了，只留下兩個腦袋露在外面。

被溫暖的沙子埋着，一開始還蠻舒服的，曉星和

林棣棣可得意了，兩人曬太陽、哼歌兒，悠哉悠哉。可過了一會兒，看到小伙伴們在游泳、衝浪，他們也躍躍欲試，這時候才發現，他們起不來了。

見到不知是巴東還是巴西拿着救生圈從身邊跑過，曉星急忙大喊：「巴東巴西，幫我！」

不知道是巴東還是巴西對他扮了個鬼臉，跑過去了。

一會兒又見到花美男黃非鴻慢悠悠地走過，林棣棣又喊：「黃非鴻，救我救我！」

誰知道花美男餘氣未消，朝他們扮了個鬼臉，然後大搖大擺地走開了。

曉星和林棣棣這對難兄難弟只好大眼瞪小眼，然後無語望青天，等候救援。

偏偏要命的是，這時候隨風飄來一陣奇香，原來是小嵐和曉晴還有徐昆他們一班人，在不遠的地方燒烤呢！塗上美味調料的烤雞翅，烤魷魚，烤魚蛋……各種不同的香味，令到曉星和林棣棣口水直流，恨不得馬上跑過去，左手一隻雞翅，右手一串魚蛋，吃個痛快。

正在曉星飽受折磨時，他見到不遠處的公路上緩緩停下了一輛黑色轎車，有個保鏢模樣的小伙子從副駕駛座跳下來，拉開後面車門。一個有着大長腿、身姿挺拔的年輕男子下了車。

哇，救星來了！

「萬卡哥哥，救命！」曉星拼命大喊。

萬卡為了獎勵一班在成語大賽中創造好成績的少年男女，特地送他們來烏莎努爾最美麗的海灘玩幾天，而他也盡量快速處理完手上工作，趕來湊熱鬧。

「曉星，又闖禍了？」萬卡見到曉星和林棣棣的狼狽相，不由得笑了起來。他吩咐陪同來的幾名侍衞，把兩個倒霉孩子從沙子裏拉了出來。

曉星抱着萬卡的手：「萬卡哥哥，你最好了，姐

姐們都不好！」

剛好小嵐拿了幾串燒烤過來，聽到曉星的話，便把手裏的燒烤分別給了萬卡和林棣棣，還有侍衞們一人一串，就是不給曉星。

「小嵐姐姐，給我一串。」曉星厚着臉皮問小嵐要吃的。

「你不是説姐姐們不好嗎？還有臉問我要！」小嵐瞅了他一眼。

「小嵐姐姐好，小嵐姐姐最好了……」這傢伙真是為了吃，什麼都做得出來啊！

小嵐可不賣他的帳，把頭一扭：「哼！」

還是萬卡不忍心，笑着把自己那串雞翅膀塞到曉星手裏：「以後別再惹姐姐們生氣了。」

沒有回答，只是響起了「嘖嘖嘖嘖……」的聲音，原來貪吃鬼曉星已經拿着雞翅膀大啃起來了。

公主傳奇27

天下無雙的公主

作　　者：馬翠蘿
繪　　畫：滿丫丫
責任編輯：龐頌恩
美術設計：陳雅琳
出　　版：新雅文化事業有限公司
　　　　　香港英皇道499號北角工業大廈18樓
　　　　　電話：（852）2138 7998
　　　　　傳真：（852）2597 4003
　　　　　網址：http://www.sunya.com.hk
　　　　　電郵：marketing@sunya.com.hk
發　　行：香港聯合書刊物流有限公司
　　　　　香港新界大埔汀麗路 36 號中華商務印刷大廈 3 字樓
　　　　　電話：（852）2150 2100
　　　　　傳真：（852）2407 3062
　　　　　電郵：info@suplogistics.com.hk
印　　刷：中華商務彩色印刷有限公司
　　　　　香港新界大埔汀麗路 36 號
版　　次：二〇二〇年二月初版

ISBN：978-962-08-7427-7
© 2020 Sun Ya Publications (HK) Ltd.
18/F, North Point Industrial Building, 499 King's Road, Hong Kong
Published and printed in Hong Kong